臺大遺境

─失落圖像現代詩題集

陳福成著

文學叢刊
文史哲出版社印行

國家圖書館出版品預行編目資料

臺大遺境：失落圖像現代詩題集 / 陳福成著.
-- 初版 -- 臺北市：文史哲,民 109.09
頁； 公分. --（文學叢刊；427）
ISBN 978-986-314-527-1（平裝）

863.51　　109014338

文學叢刊 427

臺大遺境

— 失落圖像現代詩題集

著　者：陳福成
出版者：文史哲出版社
http:// www.lapen.com.tw
e-mail：lapen@ms74.hinet.net
登記證字號：行政院新聞局版臺業字五三三七號
發行人：彭正雄
發行所：文史哲出版社
印刷者：文史哲出版社
臺北市羅斯福路一段七十二巷四號
郵政劃撥帳號：一六一八〇一七五
電話886-2-23511028 · 傳真886-2-23965656

定價新臺幣五八〇元

二〇二〇年（民一〇九）九月初版

ISBN 978-986-314-527-1　　10427

臺大遺境

——失落圖像現代詩題集

目次

序詩：臺大遺境瑣記……一五
輯一　古人古事古物古蹟……二一
風光壞空了……二三
瑠公復活……二四
豐功偉業死了……二五
鐵路死了……二六
房屋比較長壽……二七
光陰在此入定……二八
時光舞蹈……二九
義芳居不寂寞……三〇
無常……三一
50多年前臺大校門口……三二
妳是我的回憶……三三

時間之跡……三四
歷史尚未熄火㈠……三五
歷史尚未熄火㈡……三六
歷史尚未熄火㈢……三七
歷史尚未熄火㈣……三八
歷史尚未熄火㈤……三九
這裡最初都是鬼……四〇
織夢家……四一
作業室芳華不在……四二
歲月太黑了……四三
臺大最老最勇……四四
不是灰燼……四五
公館凝灰石……四六
農夫也是詩人……四七
回家……四八
靜農……四九
燈亮著……五〇
懷念瑠公……五一
古蹟如貓……五二
鹿鳴堂……五三
洞洞屋……五四

輯二　一九八六年三月十八日

法學院……五五
看一下……五七
給長官看……五八
長官看什麼……五九
和校長照相……六〇
想當年……六一
伊人在何方……六二
歲月㈠……六三

歲月(二)……六四
典藏這些影子(一)……六五
典藏這些影子(二)……六六
這些詩、人(一)……六七
這些詩、人(二)……六八
這些詩、人(三)……六九
這一瞬……七〇
我的這一瞬……七一
長官走了……七二
觀看……七三
再見……七四
撐起一個夢……七五
校長說……七六
轉角處……七七
為什麼？……七八
美麗停格……七九
我們織夢……八〇
獨行、同行(一)……八一
獨行、同行(二)……八二

輯三　一九九六年臺灣大學退休人員聯誼會成立到週年……八三

宇宙誕生……八五
黃昏變朝陽……八六
老校長的風彩……八七
創造一個宇宙……八八
相見歡……八九
生命之歌(一)……九〇
生命之歌(二)……九一
生命之歌(三)……九二

輯四　臺大退聯會一九九八年

會員大會……九三
將軍換戰場……九五
老校長致詞……九六
朝露(一)……九七
朝露(二)……九八
有夢相聚……九九
老友相見……一〇〇
過日子……一〇一
史記……一〇二
無給職(一)……一〇三
無給職(二)……一〇四
懷念老校長……一〇五
退出江湖(一)……一〇六
退出江湖(二)……一〇七
退出江湖(三)……一〇八

輯五　臺大退聯會歷次

會員大會……一〇九
如是我聞(一)……一一一
如是我聞(二)……一一二
如是我聞(三)……一一三
如是我聞(四)……一一四
緣聚(一)……一一五
緣聚(二)……一一六
緣聚(三)……一一七
緣聚(四)……一一八
熱情卓越(一)……一一九
熱情卓越(二)……一二〇
退聯會功能(一)……一二一
退聯會功能(二)……一二二

退聯會功能(三)……一二三
退聯會功能(四)……一二四
退聯會功能(五)……一二五
名譽……一二六
前輩們(一)……一二七
前輩們(二)……一二八

輯六　臺大退聯會慶生同樂會……一二九

走腳花……一三一
舞詩……一三二
今天不流浪……一三三
昨夜失眠……一三四
跳舞……一三五
想飛……一三六
浮生片刻……一三七
意義……一三八
真的流浪……一三九
留下證據……一四〇

輯七　臺大逸仙學會……一四一

立夏……一四三
難得性奮……一四四
和領導照相……一四五
渡口相遇……一四六
起來革命(一)……一四七
起來革命(二)……一四八
起來革命(三)……一四九
起來革命(四)……一五〇

輯八　臺大秘書室志工……一五一

風光人生(一)……一五三
風光人生(二)……一五四

風光人生(三)……一五五
風光人生(四)……一五六
風光人生(五)……一五七
風光人生(六)……一五八
輯九　臺大登山會……一五九
真聰明……一六一
平等……一六二
共同愛好……一六三
山是親愛的……一六四
等你……一六五
再說親愛的……一六六
一路前行……一六七
沿路好風光……一六八
俊歌……一六九
一站一站過……一七〇
走筆架山……一七一
阿里山人……一七二
一個人想……一七三
風花雪月……一七四
人生四境……一七五
可敬的學長……一七六
找尋一座山……一七七
飄……一七八
住大飯店……一七九
雲和雪……一八〇
輯十　臺大退聯會快樂歌唱班……一八一
醉了……一八三
未婚聯誼……一八四
唱老歌……一八五
歌聲，有情……一八六

記得……………………一八七
唱歌使地不動…………一八八
唱歌打敗魔鬼…………一八九
唱歌醫生………………一九〇
日新又新………………一九一
少水魚的修行…………一九二
輯十一　臺大退聯會郊遊……一九三
移動世界………………一九五
開始寫回憶錄…………一九六
但願人長久……………一九七
你我……………………一九八
互傳密語………………一九九
聽，無情說法…………二〇〇
山城的呼喚……………二〇一
意外……………………二〇二
求什麼…………………二〇三
都是任我行……………二〇四
向前看…………………二〇五
旅途……………………二〇六
輯十二　臺大退聯會理監事會二〇七
慢活……………………二〇九
醒或不醒………………二一〇
上臺做什麼……………二一一
面對兩個敵人(一)………二一二
面對兩個敵人(二)………二一三
面對兩個敵人(三)………二一四
輯十三　臺大退聯會千歲宴……二一五
千歲宴…………………二一七
回到何處………………二一八

一粒砂……………………二一九
遇見……………………二二〇

輯十四　臺大校園美景

……二二一
你說愛國愛人……………二二三
土地公無能為力…………二二四
醉月湖……………………二二五
傳染……………………二二六
李學勇樹…………………二二七
風景獨白…………………二二八
中界……………………二二九
傳說……………………二三〇
如夢一場…………………二三一
椰林大道…………………二三二
？？？(一)………………二三三
？？？(二)………………二三四

輯十五　臺大退休教官聯誼會

二三五
新戰爭論…………………二三七
戰場如詩…………………二三八
俊歌致詞…………………二三九
戰場狀況…………………二四〇
「六一九砲戰」英雄……二四一
得與失……………………二四二
最快樂的事………………二四三
一瞬史記(一)……………二四四
一瞬史記(二)……………二四五
曾經……………………二四六
俊歌又獲獎………………二四七
我們的季節………………二四八
歲月(一)…………………二四九
歲月(二)…………………二五〇

中國軍魂……二五一
春秋大義(一)……二五二
春秋大義(二)……二五三
胡思亂想……二五四

輯十六 臺大退休教官神州行二五五
承擔……二五七
友誼有長度……二五八
往事史記(一)……二五九
往事史記(二)……二六〇
往事史記(三)……二六一
因為(一)……二六二
因為(二)……二六三
因為(三)……二六四
記憶(一)……二六五
記憶(二)……二六六
記憶(三)……二六七
記憶(四)……二六八
兩岸……二六九
大禹渡情思……二七〇
後會有期(一)……二七一
後會有期(二)……二七二
人間淨土……二七三
相約五臺山……二七四
西安……二七五
晉國古都博物館……二七六
喬家大院……二七七
平遙古城……二七八
大禹……二七九
關公祖廟……二八〇
友誼(一)……二八一

友誼㈡……………………二八二
友誼㈢……………………二八三
永樂宮……………………二八四
我們喜歡㈠………………二八五
我們喜歡㈡………………二八六
鄭州大學…………………二八七
河南博物院………………二八八
舜耕歷山…………………二八九
文殊菩薩說法……………二九〇

輯十七　我們在臺大

輯十七　我們在臺大……二九一
問：有何差別？㈠………二九三
問：有何差別？㈡………二九四
問：有何差別？㈢………二九五
團拜………………………二九六
一瞬悸動…………………二九七
停格………………………二九八
放下………………………二九九
隨想曲……………………三〇〇
三公………………………三〇一
佳莉臺大圖資所畢業……三〇二
食科所游教授……………三〇三
哲學系郭教授……………三〇四
黃昏之戀㈠………………三〇五
黃昏之戀㈡………………三〇六
老人與海㈠………………三〇七
老人與海㈡………………三〇八
逆旅㈠……………………三〇九
逆旅㈡……………………三一〇
我的豪宅…………………三一一
故事………………………三一二

無常劇本……………………三一三
這裡要變天了………………三一四
久遠的風……………………三一五
在一座爛掉的島嶼乘涼……三一六
在類人世界修行……………三一七
五彩人生好美麗(一)…………三一八
五彩人生好美麗(二)…………三一九
五彩人生好美麗(三)…………三二〇

輯十八　因緣在臺大……………三二一

都不化粧……………………三二三
難得…………………………三二四
芮城穴居……………………三二五
同是信義民族………………三二六
六老加四……………………三二七
臺大逸仙……………………三二八
臺大酒黨……………………三二九
萬一轉型正義來了…………三三〇
山中傳奇……………………三三一
造反…………………………三三二
一抹春風……………………三三三
歌唱人生……………………三三四
自我解放……………………三三五
到底在反什麼？……………三三六
轉型正義……………………三三七
中華兒女漸稀少……………三三八
隱遯深山……………………三三九
悠閒…………………………三四〇
回想…………………………三四一
俊歌的歷史…………………三四二
老夫現在……………………三四三

肢體語言……………………三四四
我彈唱……………………三四五
後方緊吃……………………三四六
作家的燈……………………三四七
面對這濁惡之島……………………三四八
傳園……………………三四九
共同回憶……………………三五〇
江湖廟堂……………………三五一
叫時光不走……………………三五二
老鹿和小鹿……………………三五三
千歲宴……………………三五四
西侯度人……………………三五五
沒有距離……………………三五六
詩的誕生……………………三五七
我看……………………三五八
一路走來……………………三五九
別反了……………………三六〇
風景……………………三六一
桃花源之春……………………三六二
外面有鬼……………………三六三
我們唱著……………………三六四
逸仙英雄們……………………三六五
歡喜見……………………三六六
輯十九　遺境追捕（一）……三六七
這一年……………………三六九
唱我們的歌……………………三七〇
行者……………………三七一
雪花飄……………………三七二
傳播快樂……………………三七三
光陰吃掉青春……………………三七四

同乘一車……………………三七五
深藏智慧……………………三七六
我愛…………………………三七七
收復濕地……………………三七八
老人新馴化論㈠……………三七九
老人新馴化論㈡……………三八〇
老人新進化論㈠……………三八一
老人新進化論㈡……………三八二
老人新退化論㈠……………三八三
老人新退化論㈡……………三八四

輯二十　遺境追捕（二）

……三八五
老人新人生觀㈠……………三八七
老人新人生觀㈡……………三八八
那一抹微笑…………………三八九
把愛相守一生………………三九〇
都放空了……………………三九一
銀河系旅行…………………三九二
臺大未婚聯誼………………三九三
懷念老人家…………………三九四
又得一個獎…………………三九五
華中…………………………三九六
懷念學慧師姊………………三九七
不捨眾生……………………三九八
詩人綠蒂……………………三九九
臺大校園吳哥窟……………四〇〇
你來了………………………四〇一
你笑我笑風景………………四〇二
魔鐵和濕地…………………四〇三
財神…………………………四〇四

輯二十一　遺境追捕（三）

輯二十一　遺境追捕（三）……四〇五
踏青㈠……四〇七
踏青㈡……四〇八
佛光山臺北教師分會……四〇九
臺大登山會……四一〇
臺大退聯會理監事會……四一一
臺大教官退休聯誼會……四一二
證據㈠……四一三
證據㈡……四一四
北望中原……四一五
小妹得模範母親獎……四一六
反思㈠……四一七
反思㈡……四一八
反思㈢……四一九
反思㈣……四二〇
臺大教授聯誼會㈠……四二一
臺大教授聯誼會㈡……四二二
臺大教授聯誼會㈢……四二三
臺大教授聯誼會㈣……四二四
臺大教授聯誼會㈤……四二五
臺大教授聯誼會㈥……四二六

序詩：臺大遺境瑣記

一朵花
不能證明春天到了
一片雪
不見得是冬天來臨
何況
雪不一定飄在冬天
這幾年校園四季
常在飄雪
炎炎夏日

也感到寒冷
邊陲的生與死
俱成灰燼

一首詩
不能建構校史
圖像沾滿灰塵
放逐於邊陲
即將成為化石之際
被挖掘
重見天日
用一首詩
賦予新生命
不是校史

是校史邊陲的風聲

一個影子
難以精確界定
椰林大道上一片落葉
也許有了定義
那些風聲雨聲
化為圖像
又在遺境失落
早已無聲
誰來演繹曾經發生的故事
所有的記憶都失聲失色
在光陰的縫隙
影子是何方神聖

我代為詮釋

或許我太龜毛
校園裡從古至今
風聲雨聲依舊
有什麼不對嗎？
那些所謂的遺境
不過是一些被丟棄的
鄉愁與哀傷
或無謂的愛恨情仇
但那不是歷史嗎？
歷史應該公平呈現
正反各方真相
龜毛應如是

史筆應如是

一支筆
絕不遺忘
也絕不沉默
沉默不是金
遺忘到不了淨土
紅塵可以逃避
史筆必須正面對決
把失落的世界
找回來
入土的風聲雨聲
挖掘出來
叫遺境復活

再展演一回
他的愛與死

臺北公館蟾蜍山 萬盛草堂主人 陳福成 記於
西元二〇二〇年，佛誕二五六三年六月吉日

輯一　古人古事古物古蹟

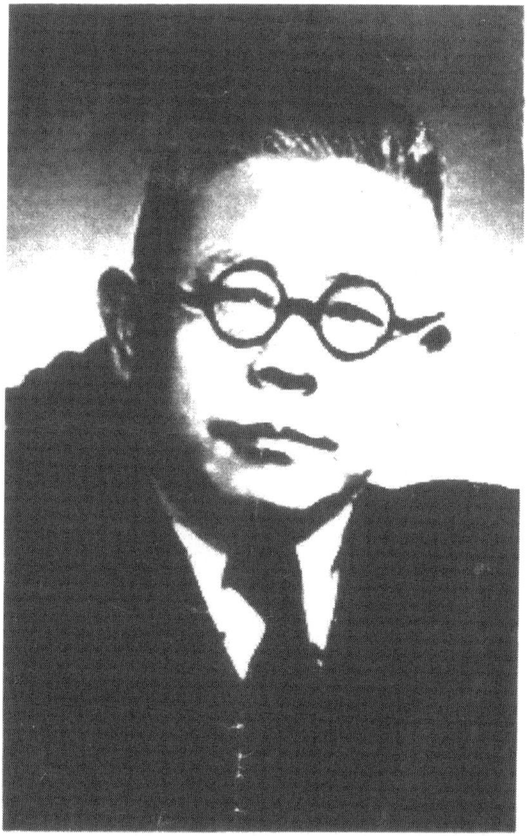

2010/01/03

風光壞空了

當時一定也風光
如今已舊
走過黃昏
便是壞空
走過風光的一生
論證宇宙間
壞空
是偉大的真理

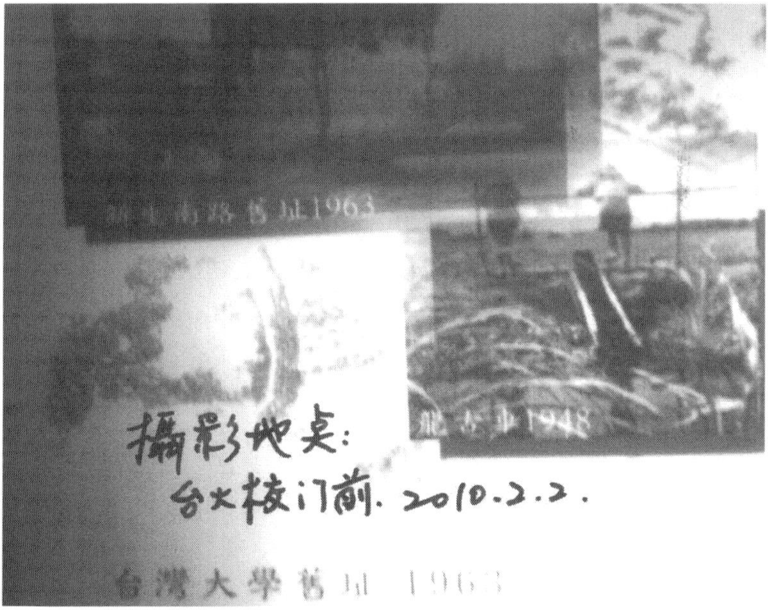

瑠公復活

瑠公復活
活在臺大校園
這是真的
比耶穌復活更真
我走在臺大林間步道時
就聽到瑠公說
雞狗乖、雞狗乖

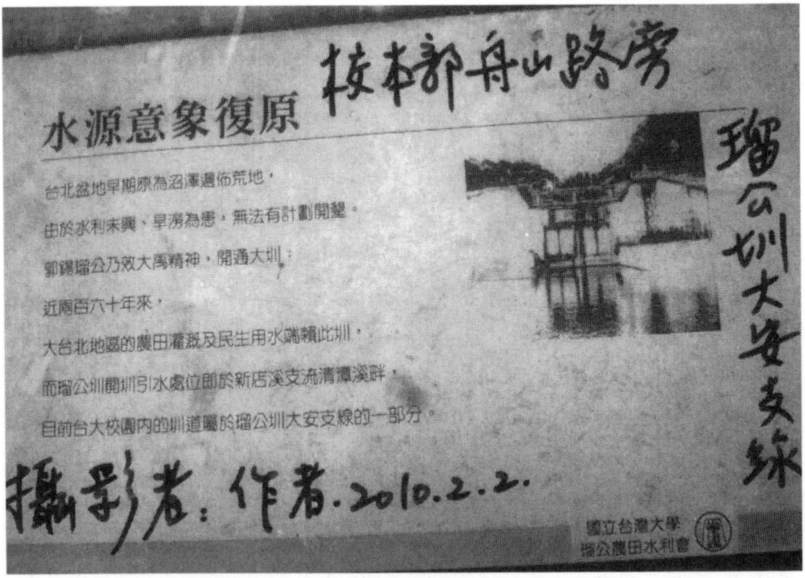

豐功偉業死了

你曾建立豐功偉業
為中華民族復興
為中國夢
犧牲奮鬥
但為什麼死在這裡
死成一堆廢物
這裡是
豐功偉業的墳場

鐵路死了

一條鐵路死了
永不復活
只剩死掉的影子
孤獨的罰站
等候光陰
把影子也判死刑

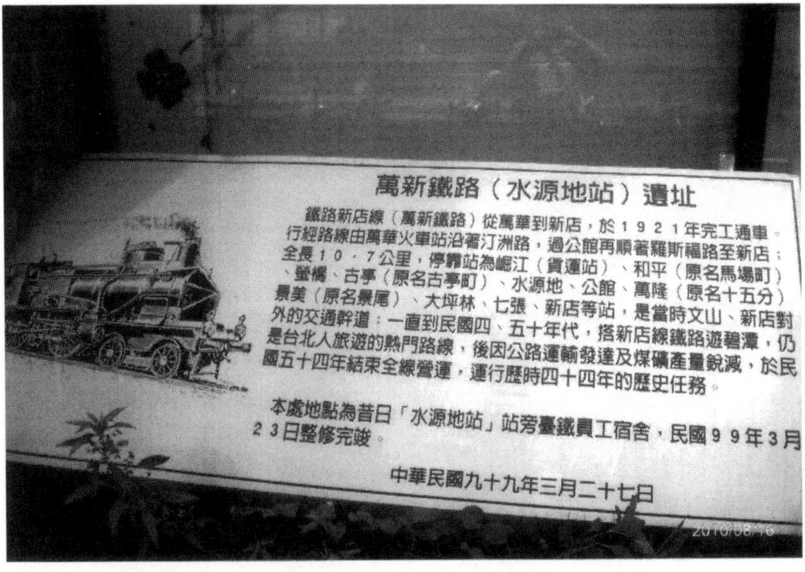
萬新鐵路（水源地站）遺址
鐵路新店線（萬新鐵路）從萬華到新店，於1921年完工通車。行經路線由萬華火車站沿著汀洲路，過公館再順著羅斯福路至新店；全長10．7公里，停靠站為崛江（貨運站）、和平（原名馬場町）、螢橋、古亭（原名古亭町）、水源地、公館、萬隆（原名十五分）景美（原名景尾）、大坪林、七張、新店等站，是當時文山、新店對外的交通幹道；一直到民國四、五十年代，搭新店線鐵路遊碧潭，仍是台北人旅遊的熱門路線，後因公路運輸發達及煤礦產量銳減，於民國五十四年結束全線營運，運行歷時四十四年的歷史任務。
本處地點為昔日「水源地站」站旁臺鐵員工宿舍，民國99年3月23日整修完竣。
中華民國九十九年三月二十七日

房屋比較長壽

幾代人都走了
只有他還活著
義芳居
你被封成古蹟
得以比所有人長壽
還能活很久
享受人們的供養

清代安居大不易

一百多年前，泉州陳氏家族鉅資興築義芳居，以考究的磚石厚牆構建正身入口為凹壽式、單進多護龍的民居建築。由於清代的散居型態，民居需具備防衛能力，因此義芳居的建材、門窗開口、槍眼及護龍上的二層樓槍櫃，都顯示墾戶保衛家園

的決心。以風水為建築前提的義芳居，位於蟾蜍山腳，背山面水、坐東南向觀音山峰，處處可見精巧匠工。如今時光更迭，風華仍在的義芳居已成三級古蹟，對照著公館週邊的快速發展，見證了閩粵先民在臺北地區的開拓。

光陰在此入定

任何光陰走到這裡
都會開悟
瞬間禪定
剎那永恒
永恒剎那
無差別
光陰濤聲蒼莽
都同時頓悟入定

時光舞蹈

我是偉大的時光
我統治一切

包含這塊校地
舞蹈留下的光影
只有黑白
時光的力量
黑白亦嘆無常

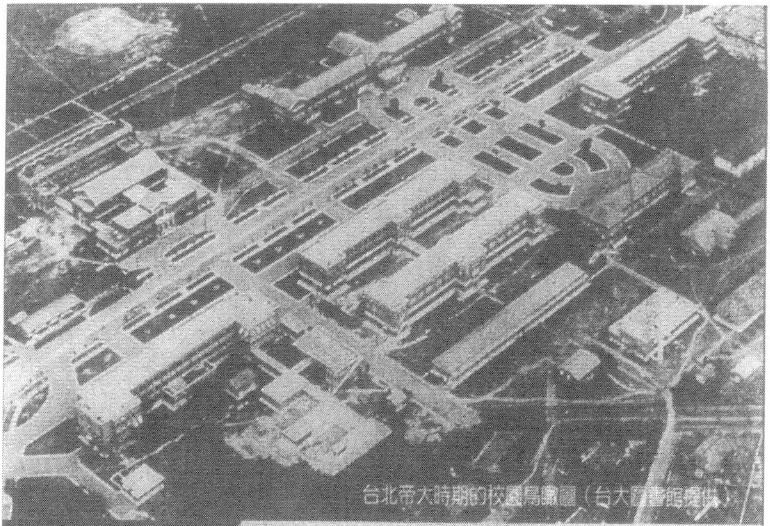

台北帝大時期的校園鳥瞰圖（台大圖書館提供）

台大校園規畫

細看早期帝大的校園規畫，可看出一組魚骨狀的道路系統。以椰林大道為中軸，兩側有放射狀道路，而每一條道路都以一棟建築為端景收尾，兩側交錯安排有總圖、文學院、一號館、二號館及四號館等，包圍椰林大道。秩序分明，空間安排一絲不苟。

義芳居不寂寞

在每一個夜晚
星星都大嘆寂寞
沒有女人陪睡
星星睡不著
瞭望遠方的義芳居
為何他不寂寞
因為二百多年來
都有女人在屋裡睡

無常

宇宙無常
無常便是常
男變女、女變男
聖人變成豬
妓女變總統
臺獨變統一
不久
校地成汪洋

舟山路那時僅容
二人並行。
羅斯福路是當時通往
新店、宜蘭的要道。
台北帝大鳥瞰圖（台大圖書館提供）
農田變校園
台北帝大創校時，校區四周還是一片農田。由當時的校園鳥瞰圖（攝於民國19年）可看出當時的道路和圳溝位置。
當時的新生南路還是有著兩岸垂柳的圳溝。
瑠公圳的大水塘，就在台大校門口。

50多年前臺大校門口

50多年的光陰
是死了
死不復生
回不來的50年
只能喚回
一段黑白的回憶
再不久
回憶也涅槃

台大校门右侧．照片来源：翻拍自校门
口地下道看板．二〇一〇．二．二．
新生南路舊址1963

妳是我的回憶

人到七十
該壞的都壞了
只剩回憶不壞
說來奇怪
回憶越來越年輕
妳是我的回憶
讓我變成一十七

時間之跡

時間之神話
藏於九地之下
只有時間的腳印
留下痕跡
一九七五年
化成神跡
打敗了無常

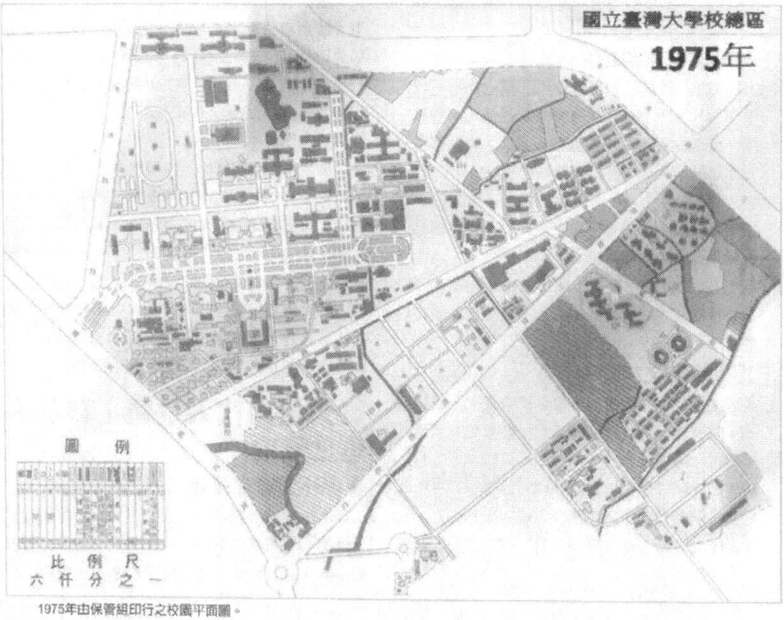

1975年由保管組印行之校園平面圖。

歷史尚未熄火(一)

歷史已經躺下
尚未熄火
就躺在這兒
不拔管
給人看看
他是活的
尚未熄滅的
星星之火

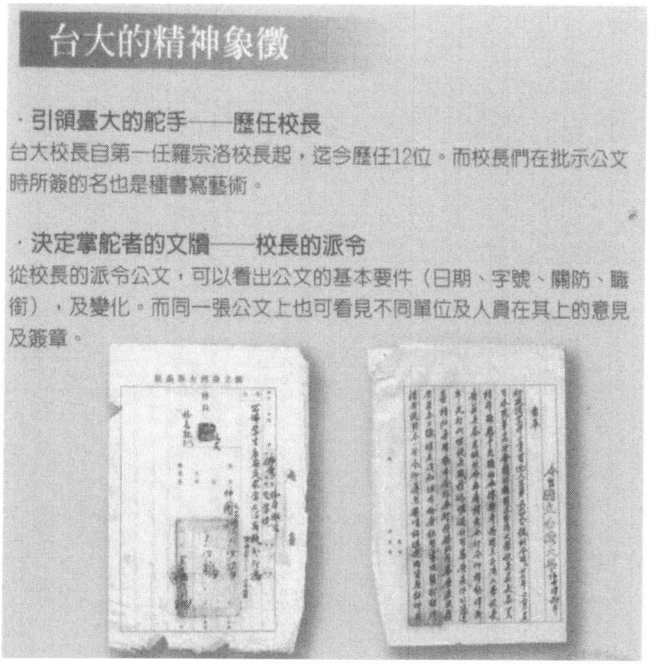
台大的精神象徵
·引領臺大的舵手——歷任校長
台大校長自第一任羅宗洛校長起，迄今歷任12位。而校長們在批示公文時所簽的名也是種書寫藝術。
·決定掌舵者的文牘——校長的派令
從校長的派令公文，可以看出公文的基本要件（日期、字號、關防、職銜），及變化。而同一張公文上也可看見不同單位及人員在其上的意見及簽章。

歷史尚未熄火（二）

四六事件已躺下
尚未熄火
那星星之火苗
訴說當年有為青年
志在造反
若不造反
對不起這塊
偉大的造反聖地

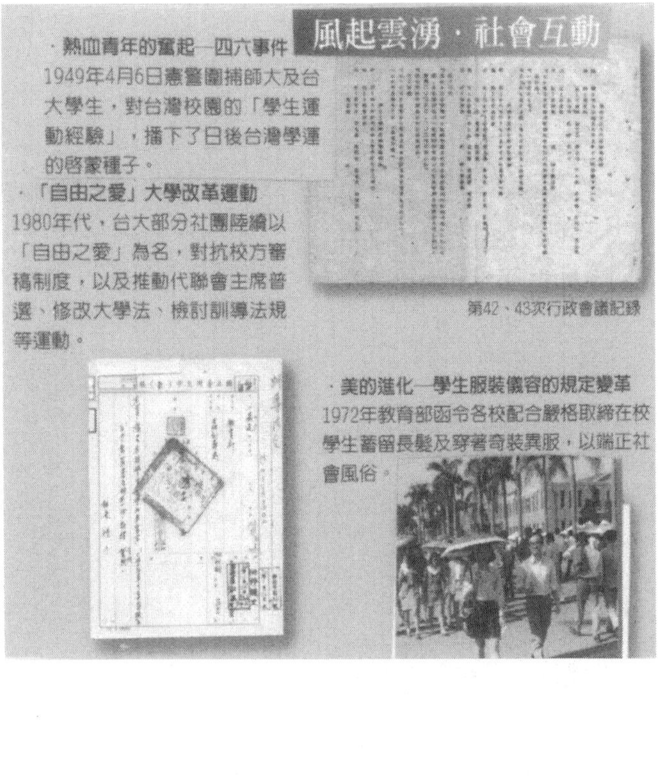
風起雲湧・社會互動
・熱血青年的奮起─四六事件
1949年4月6日憲警圍捕師大及台大學生，對台灣校園的「學生運動經驗」，播下了日後台灣學運的啓蒙種子。
・「自由之愛」大學改革運動
1980年代，台大部分社團陸續以「自由之愛」為名，對抗校方審稿制度，以及推動代聯會主席普選、修改大學法、檢討訓導法規等運動。
第42、43次行政會議記錄
・美的進化─學生服裝儀容的規定變革
1972年教育部函令各校配合嚴格取締在校學生蓄留長髮及穿著奇裝異服，以端正社會風俗。

歷史尚未熄火（三）

歷史已經躺下
尚未熄火
躺成一塊遺物
也好
自我解放
躺著吃、躺著喝
躺著做春秋大夢
這是當古物的好處

臺灣省血清疫苗製造所關防印模
熱帶醫學研究所臺中藥品檢查部印模
陸志鴻校長印鑑式樣

歷史尚未熄火(四)

歷史已經躺下
尚未熄火
關在幽冥界
只有客人來訪
志工解說
才會重見光明
再風光一次

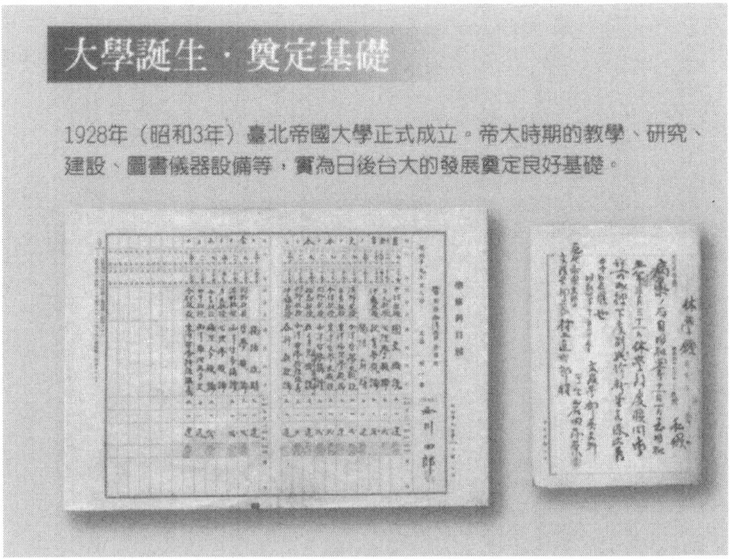
大學誕生・奠定基礎
1928年（昭和3年）臺北帝國大學正式成立。帝大時期的教學、研究、建設、圖書儀器設備等，實為日後台大的發展奠定良好基礎。

歷史尚未熄火（五）

歷史已經躺下
尚未熄火
一點點星星火苗
回憶往昔風光
任何事物沒有印模保證
都是假貨
難以想像的是
如今是個造假大時代

這裡最初都是鬼

很多人都故意忘記
這裡最初都是鬼
看啊！四個倭鬼走出來
當然啦
有極少的蕃薯或芋頭
人這麼見忘
和鬼有什麼差別

織夢家

你們是織夢家
在校園織出美夢
引領學子
望向閃閃發光的新世界
新世界在天邊
問題是
孩子們也光會做夢

作業室芳華不在

芳華已作古
留下夢幻歲月
曾經四季風光
人語花香紛飛
如今在清冷夜空下
孤坐
等人造訪

歲月太黑了

看這歲月實在太黑了
有如黑洞
為什麼
定是倭人染指
又要南征
動機太邪惡
導至一切都變黑

農業化學系的前身為農業化學講座，自臺北帝大創校時即設立。精緻典雅的門道樣式，見證著八十餘年間鴻儒的往來，訴說著系所悠久的歷史。

臺大最老最勇

臺大最老最勇的地方
就是這裡
飛機炸不垮
砲彈轟不倒
機槍打不穿
依然挺立
他，比任何人都有機會
看二十二世紀的陽光

不是灰燼

光陰死了
也要火化
但留下的不是灰燼
看這意象鮮活
活如現在的你我
失落的世界
重現眼前

黑白相片(1950年代)：校友蔡敦州提供
彩色相片(1980年代)：校友張耀文攝影

公館凝灰石

據說
臺大校園最老的
就是這位老人家
千萬年前
臺北曾有造山運動
他就是證人
如今默默鎮守校園
是鎮校之寶

農夫也是詩人

農夫拿著鋤
在大地種詩
種出來的詩果
賣得出銀子
養家活口
比李杜偉大多了
所以農夫有陳列館
陳列詩果大業

回家

打完我的「特洛伊」之戰
我在金馬各離島
流浪十年
比奧德賽多
像一隻海鳥
因緣指引方向
終於回到家
見到陌生又熟陌的
孩子們

靜農

不養生而壽
處濁世亦仙
你是天生的仙人吧
若你活到現在
大地都毒化
人心因胎毒而惡
如何能壽
成仙更難

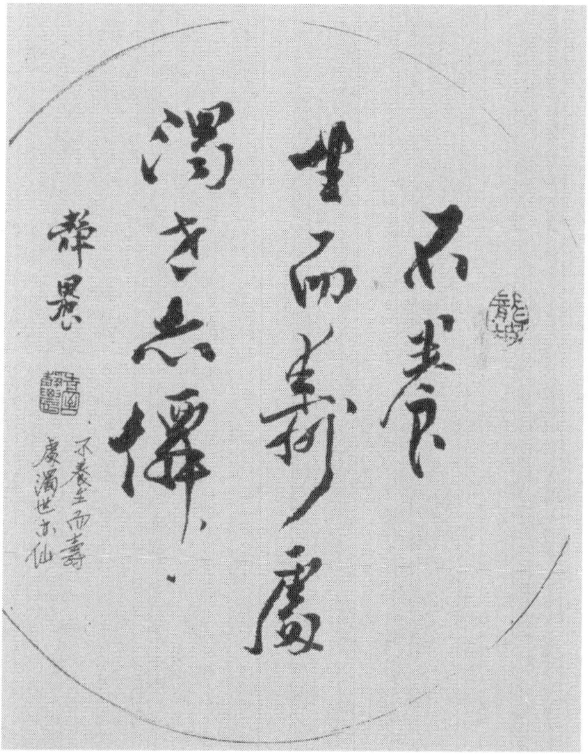

燈亮著

屋裡點一盞燈
燈在看我
我看窗外
窗外，有願望
等一個人
因為他
我才會點燈

懷念瑠公

瑠公是清朝人
我是民國人
都是中國人
你有功於臺北
有功於漢人
我才懷念你
你的腳印
還在臺大校園

古蹟如貓

孤立、停止呼吸
安靜如夜暗裡的貓
空虛的名相
叫古蹟
無助的站在這裡
等待一隻貓
驚醒
開學了，貓不寂寞

鹿鳴堂

有鹿在此鳴叫
青草鮮活
歷史退潮
但記憶不會死掉
他不死
何必硬要搞死他
鹿有權抗議

洞洞屋

洞洞屋緊張了
因為有人找查
要讓他活不下去
他四出呼救
終於有了救星
他挺立校園
用很多眼睛
警示、防衛
以防有人拆屋

輯二　一九八六年三月十八日法學院

看一下

我們準備好
你來看看
進出都是驚嘆
看得不想走
都想再逗留久些
聽教官說
革命大業

給長官看

長官來走一走
我們展示
一顆星星的美感
不要太近
太近不美
越是遙遠的星星
長官看起來
越滿意

長官看什麼

要給長官看什麼
真的不能看
假的沒有
都在這裡
色即是空
空即是色
長官看得很滿意

和校長照相

校長視查學生住宿
關心學生生活
一看之下
很滿意
孩子們的笑容
如愛麗絲夢遊仙境
和校長照張吧
比畢業證書有用

想當年

想當年
忠孝仁愛信義和平
禮義廉恥愛國愛人
就在寢室中
全部俱備
現在
全島退化
回到類人的世界

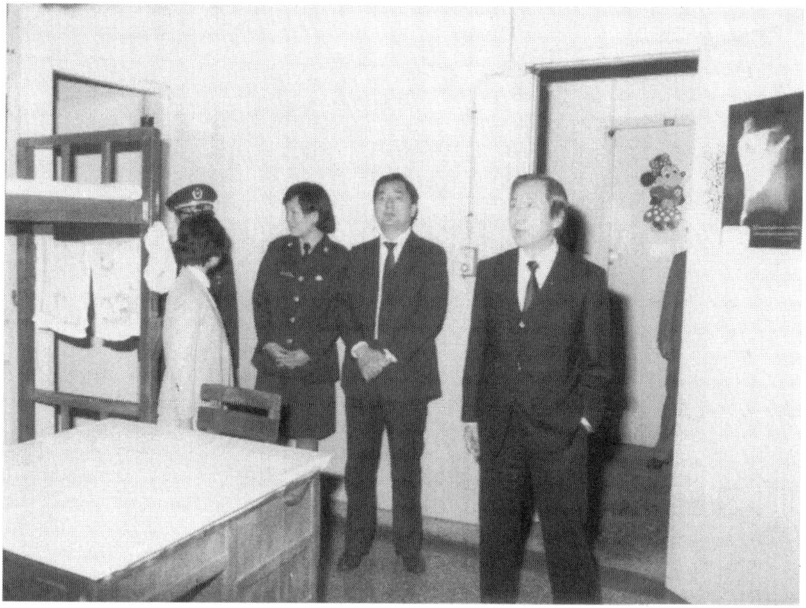

伊人在何方

有緣和校長照相
笑容散發香甜
往後
記憶在浪潮裡變老
又過了幾十年
你們現在是阿媽了
靠在哪一邊
類人或人類

歲月(一)

歲月鬼影飄著
人見人怕
他刀起頭落
砍死一段光陰
來不及唱輓歌
歲月提刀
找上每一個人
都驚出一陣冷涼

歲月㈡

歲月最好不寫在臉上
寫在今年的一片楓葉心裡
泛紅或落下
裝著沒看見
什麼也沒發生
那麼
今年的秋天不算過
未見歲月來

典藏這些影子（一）

有光
因為有他們
才有光
有光才有影子
有光有影
有黑白　深值
典藏

典藏這些影子（二）

沒有光
沒有影子
什麼都沒有
你看
這光影
就是一切希望
深值典藏在
歷史中

這些詩、人㈠

每個人都是一首詩
長官詩
學生詩
有長有短
各有風格
所以
這些人，都有詩
詩，正在視察

這些詩、人(二)

有些詩
很有學問
有些不行
當然，能在臺大行走
都是了不起的詩
他們的一輩子
不論師生
都是一首壯闊史詩

這些詩、人（三）

兩首最有學問的詩
拍拍教官肩膀說
教官是這時代
可敬的史詩
教官不須提筆
只須提槍
槍管除了出政權
更出革命詩人

這一瞬

一瞬就是永恆
所以囉
只要看一眼
就決定一切
甚至決定一生
升不升官
失不失業
在這一瞬看一看

我的這一瞬

我的這一瞬
從容如貓
把一瞬拉長、再拉長
因而，我
可以舒緩
舒舒服服的
提一條魚吃

長官走了

像一陣風
來的快、去的快
所看皆滿意
於是
大家有飯吃
長官走了
我們從容吃飯

觀看

仔細觀看、打量
是否有一抹曦光
藏於暗處
也要找出來表揚
致於黑暗的
誰也不想看
對吧，藏好
一片光明多好！

再見

再見，不是告別
來到我的世界
帶著滿意離去
我身子輕了
今日很快走入
歷史
我永遠惦記
長官的溫暖

撐起一個夢

凡是進臺大的
不論教授或學生
都為撐起
一個夢
只要夢撐住了
就是一把千萬大傘
可以擋住風雨
撐起美麗人生

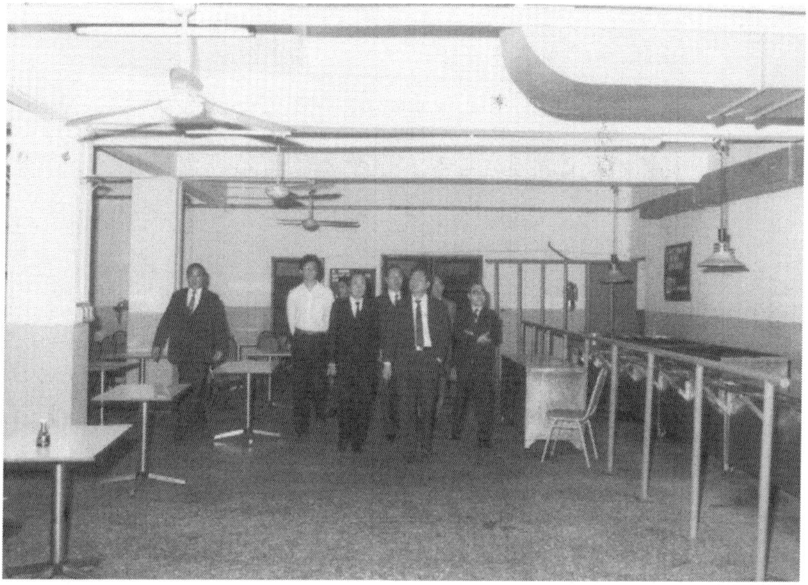

校長說

校長說
臺大是一把超大巨傘
很值得你拿
但大傘必重
還要你拿得動
撐得起、打得開
只要你行，必
有大用

轉角處

轉過角落
有不同風景
凝望一盞燈
必有亮麗的故事
人生轉角太多
黑白或五彩
碰到了
都要面對

為什麼？

一路上
聽校長開示
師者傳道授業解惑也
我的疑惑
如模糊的髮香
寂靜的清月
心也不靜
為什麼？

美麗停格

關於全世界，此刻
全部遠走高飛
只有美麗
瞬間停格
這瞬間一方淨土
不食人間煙火
不是愛
讓一生珍惜的記憶

我們織夢

我們在此論道
論說宇宙有真相
大爆炸只是一場夢
是誰編織的
真是騙死人不償命
我們有使命
推翻騙局
重織真實之夢

獨行、同行(一)

都說千山獨行
未必
此刻，我們同行
之後，各有大路
革命或造反
或深山修行
都有自己的天空
自己的路

獨行、同行(二)

他說：要獨行
要當一隻鷹
站在最高的地方
享受孤獨
他說：要同行
要當一隻獅
建立王國
享受權力

輯三　一九九六年臺灣大學退休人員聯誼會成立到週年

宇宙誕生

臺大校園誕生一個
小小宇宙
不是一百四十億年前
是一九九六年
十二月二十八日這天
一群開山鼻祖
齊聚迎接
小宇宙的誕生

黃昏變朝陽

剩下的一點歲月
就遺落這裡
臺大第一會議室
許多青春記憶
似乎
依然存在
一進會議室之門
黃昏變朝陽

老校長的風彩

與老校長相處
如沐春風
他，溫文儒雅
我看過他批判貪腐
那力道
儼然是個戰士
亂臣賊子懼

創造一個宇宙

你們老早就有共識
宇宙不會從天上掉下來
必須自己創造
建構好的典章制度
才能可長可久
相信這個宇宙
運作
會超過一百四十億年

相見歡

我們這把年紀了
別管美國引爆戰爭
也別想隕石撞地球
反攻大陸的事
交給兒孫
在我們的宇宙裡
都是淨土
相見，就是歡歡

生命之歌（一）

旅程，一路歌唱
唱過青春之歌
現在這段
最熟了
我們唱出
無私之歌
整個旅程
這段無我無欲

生命之歌（二）

暮色雖近
心還是可以飄逸
飄逸自在
自在坐在這裡
聽歌　或
自己唱歌
歌頌自己自在的生命
不然，唱什麼

生命之歌（三）

人生是一場壯遊
你一路歌唱
唱到這裡
難免飄來一朵烏雲
其實你看花開花落
四季輪替
生命亦如是
緣起緣落、隨業流轉

輯四　臺大退聯會一九九八年會員大會

八十七年會員大會

將軍換戰場

以前的戰場
殺聲陣天
現在的戰場
歡笑滿室
以前敵我分明
現在慈悲沒有敵人
這是將軍的新戰場

老校長致詞

退休解放了
生活
自在開發
世界變得更廣闊
校園走走
看鳥兒怎麼過日子
我們就
怎麼過日子

朝露（一）

午夜才誕生
乘流螢織一段夢
才見朝陽
就老了
趕著轉世的列車
黎明前回顧一生
功德圓滿

朝露（二）

我明白
地球五十億歲
我百歲
無差別
瞬間即永恆
人生如朝露
露水一夜
真善美

有夢相聚

這些不老之夢
相聚
提高溫度
各種不同顏色的夢
相聚
轉成多彩多姿的夢園
共建美夢王國

老友相見

老友為什麼要相見？
為見證地球是
存在的
你若不來
誰知道
世界還在不在？
因為你不在
世界亦不在了

過日子

日子，是一隻鳥
向你俯視
日子在飄渺中
你過不過日子
鳥飛過
因此你要向飛鳥
學習過日子
過成一隻不老鳥

史記

退休人員也有
春秋大業
大歷史由許多
小歷史構成
我們提春秋筆
寫史記
存留歷史正義

無給職（一）

有聲音
在唱誦間
帶動海平面
起起落落
一個名相
是一座海
有潮汐
會喘息

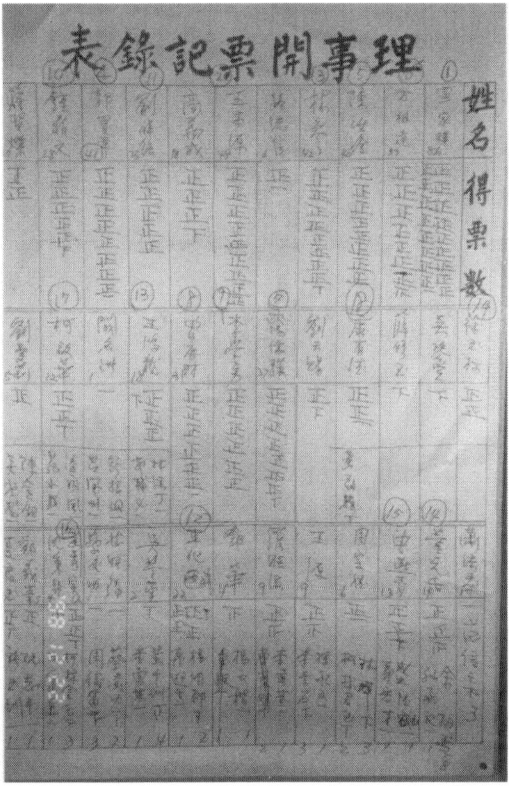

無給職（二）

誰能完全無欲
裝著看不見
繽紛的欲望
有如一個美女
向你走來
你不看一眼
才是怪怪

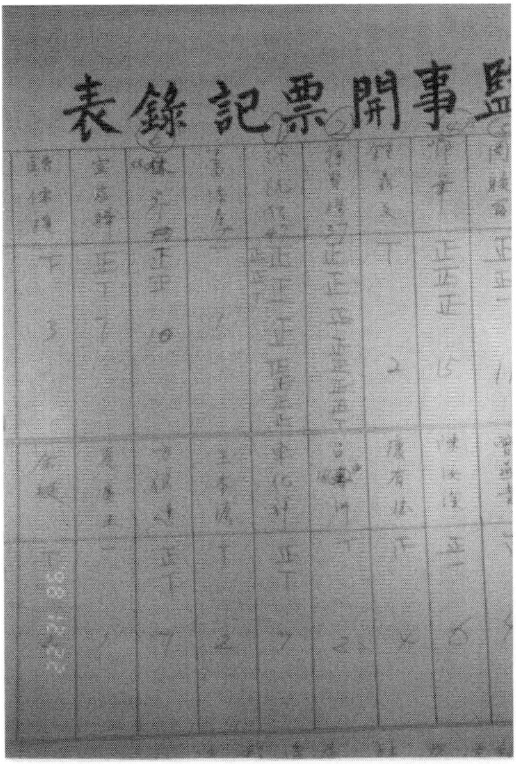

懷念老校長

忠仁忠義
因你而重生
你是現代神醫
而我一介武夫
因緣碰到你
讓我肩上
長出六朵梅花
如今思之
真神啊

退出江湖（一）

我們都退出江湖了
不參加華山論劍
倚天劍、屠龍刀
都交給老婆
放在廚房
切菜切肉有大用
但不表示
我們不用劍

退出江湖（二）

我們雖然都退出江湖
不表示我們不用劍
劍已無形
一枝筆、一個笑
一片落葉
都能瞬間化成寶劍
這是我們練就一生
無尚法門

退出江湖（三）

退出江湖
依然關心武林正義
因為真正的俠者
要穿透時空
劍在人在、劍亡人亡
有人質疑
老教授回答
人生道場便是江湖

輯五　臺大退聯會歷次會員大會

國立臺灣大學
National Taiwan University
退休人員聯誼會

如是我聞（一）

如是我聞
二〇〇七年十二月廿五日
理事長沙依仁教授
副理事長許文富教授
副校長包宗和教授
主秘傅立成教授
教務長蔣丙煌教授
假第一會議室
召開年終大會

如是我聞（二）

如是我聞
一時
第三任理事長方祖達教授
第四任理事長楊建澤教授
第五、六任理事長沙依仁教授
第九、十任理事長陳福成主任
等一行在辦公室
拈花微笑

如是我聞(三)

如是我聞
二〇一三年十二月三日
會員大會
主秘林達德教授
代表校長致詞
我們拈花微笑
以心傳心
大會成功圓滿

如是我聞（四）

如是我聞
二〇一三年十二月三日
理事長陳福成
在臺大第一會議室
主持會員大會
歷任理事長留下
亮麗身影
春秋史筆列記

緣聚（一）

這個臺大第一會議室
打破空間限制
容得下
百萬菩薩、天人
無數眾生
在此緣聚
室內萬里晴空
湛藍白雲自在飄逸

緣聚（二）

一種快樂的氣氛
在空間妙舞
人人心中散發
青山綠水
我們因緣有夢
紙短夢長
情比夢更長
故少立文字

緣聚（三）

因緣大海裡
有雋永小溪吟流
流成同路人
在同一道上
交流—不鬼混
只賞閱可愛的你
凡所見
都是歡喜

緣聚（四）

奇怪的很
年輕時代那些愛恨情仇
都死到哪裡去了
現在所見一切黑白
都自在
頓覺
所見皆佛

熱情卓越（一）

信不信
我們取雪點火
以熱情
號召天下
天下雖已不可為
仍為之
是卓越

熱情卓越(二)

雪中取火後
他燒掉一片森林
用來煮一壺茶
喝茶聊是非
歷史和社會的公平正義
他說了算數
是謂卓越

退聯會功能（一）

給你一個異世界
是南蠻裡
小小淨土
你來小坐
發發牢騷
這裡沒有黑色
沒有顏色
只要自在快樂

退聯會功能（二）

給你一塊領土
雖不大
夠用就好
泡咖啡說人是非
喝茶罵壞蛋
用象棋反攻大陸
任君使用

退聯會功能(三)

給你一支傘
可擋風雨
傘可無限放大
你走過天涯海角
頂著「臺大傘」
更為風光
明朝打掃校園
滿心歡喜

退聯會功能（四）

給你在外面也有
一個家
別想歪了
這個是養心用的
養自在心、放下心
養真誠的友誼
真的
退聯會是你家

退聯會功能（五）

這是你家
你隨時就來
一進門
就感受陽光溫暖
聽見
歡笑歌聲
在這裡
天天是重陽節

名譽

有泰山的重量
簡化成
一朵曇花
這一生一世之功業
在這花裡
綻放光影
瞬間一陣風
可同泰山恆久

前輩們(一)

回家的日子
看看老友
有些往事禁錮了一年
不知對誰說
今天他要來
大家共聚
許多記憶從幾天前
一一醒了

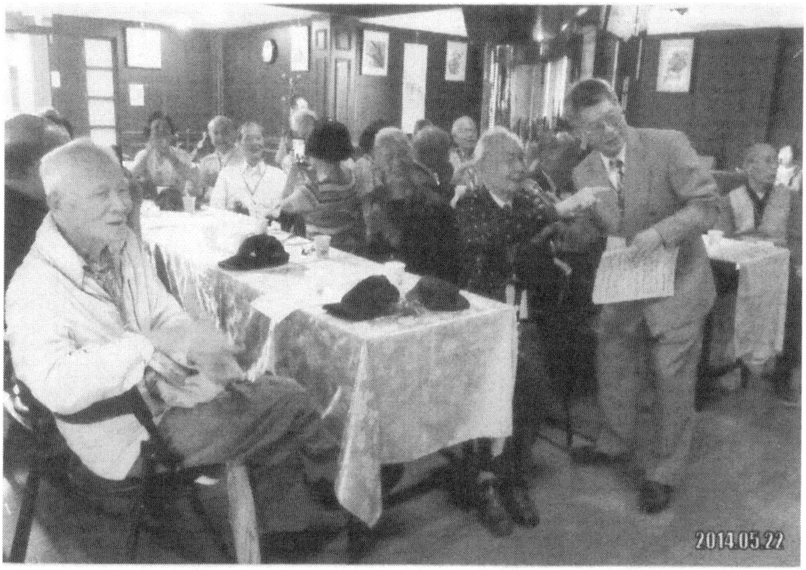

前輩們（二）

記憶
不論昨天的或
五十年前的
竟如初春的大地
全都醒了
整個人回到年輕時代
都是因為有一群
老友

輯六　臺大退聯會慶生同樂會

2015.08.11

走腳花

用腳
在地上畫圖
也畫風月彩雲
許多的腳
一起畫腳花
就是舞團
這是古早的老人
說的

舞詩

跳舞
是在跳什麼
看不懂
說她們舞獅不雅
說舞詩
就對了
舞跳的好
如詩如醉

今天不流浪

不是背著吉他
就要去流浪
今天只在這小斗室流浪
在歌的汪洋裡流浪
只有在歌聲裡解放
解放身心
算是一種精神流浪

昨夜失眠

昨夜的枕頭
怎麼一直在地震
在我髮際
漂流進出
害得一夜沒睡好
今早老友相見
才知
大家都失眠

跳舞

要像雲門舞者那樣
每個都瘋了
胸中有火
要爆裂
每支腳都喝醉
人非人、物非物
任其雲中漂流
是上上之舞

想飛

年輕的時候想飛
是真的
能飛
一下飛到高處
現在也想飛
思緒如一隻長毛象
大家排排坐
沈思也是一種飛

浮生片刻

行遍天下
看盡四海風光
這裡最熟了
金窩銀窩
自己的窩最溫暖
浮生片刻
雲淡風輕
長出了翅膀

意義

你走過幾萬里路
找尋意義
定義自己
現在找到答案沒？
告訴你
旅程就是意義
意義就是幸福

真的流浪

這回背著吉他
真的是流浪
你問流浪到何處
我也不知道
只知道
大家都在流浪
前世今生來世
我們隨業流轉

留下證據

大家乘著宇宙列車
緣起在本站相遇
有人要再起程
有人要暫住
乘這瞬間緣聚
留下這美景
做為來世相認
相見的識別證

輯七　臺大逸仙學會

立夏

蟬把夏天叫來
夏是性奮者
眾生也跟著興奮
陽光興奮很毒門
整整幾個月
地面上的光熱
達到全盛時期

難得性奮

有如詭異世界的
臺大校園
四季如冬
逸仙學會難得性奮
一次，就一次
許多亂臣賊子
拼命跳腳

和領導照相

別誤會
她是我們的領導
我喜歡領導
我愛領導
不行嗎？
何況，領導邀我照相
我總不能抗命

渡口相遇

生命之海無邊際
在一個轉世的渡口
偶然相遇
再往下走
就是千山獨行
我想在此端坐千年
再起行

起來革命（一）

領導大聲呼喚
起來革命
推翻臺獨偽政權
奈何
上有老，下有小
會後要趕下午茶
晚上有應酬
用革命精神喝酒就好

起來革命（二）

時代不同了
革命也要進化
打打嘴砲
喝酒應酬
這是優雅的革命
敵我各不傷
合乎四維八德

起來革命（三）

明知不可為而為之
領導大聲疾呼
起來革命
叢林中只有一種生物
有了回應
竹雞一直叫
雞狗乖、雞狗乖
死了人誰負責？

起來革命（四）

老長官看不下去
起來報告革命方案
本會訂明年
辦一場
孫中山學術研討會
大家要起而行
效法中山先生革命精神

輯八　臺大秘書室志工

風光人生（一）

一輩子
有多少酸甜苦辣
都醞釀成風光
撐起幾個世界
所有的風光
都開花結果
以柔軟心
溫暖人間

風光人生(二)

就算和泰山一樣老
老，有老的風光
還是生命之船的舵手
三大洲五大洋
任我行
我的船越來越大
成為一艘航母
風光進級是威風

風光人生（三）

和志工們分享
風光人生
要把自己當成鳥
飛得高
看得遠
有風、有光
能不風光乎？
且得以解放

風光人生（四）

我在我的國
唱我的國歌
歌詞無論怎麼唱
不外就是愛
餘生剩下這一點愛
全都獻給你
因為愛
生命更顯風光

風光人生(五)

當志工
就是分享風光
把風光散發給別人
於是
我們到郊外走走
取風、借光
看吧
風光寫在臉上

風光人生(六)

人生要風光
從花錢開始
看看這滿意的笑容
就感覺
火車站前那塊地
賣了是值得的
快樂如天女散花
自心中落滿地

輯九　臺大登山會

真聰明

臺大登山會的人都知道
山固執無比
絕對是叫不動的
所以我們勤於爬山
主動走向山
這是臺大人的聰明
要不聰明
怎麼成為臺大人

平等

拿掃把掃地的
和拿筆寫論文的
無差別
真好
我們一齊爬山歡笑
享受同樣風光
大家都是同路上

共同愛好

不匿藏在象牙塔裡
我們與山同行
並解放
山的緊箍咒
原來山中除了
有傳奇
深山亦浩瀚

山是親愛的

說來奇怪
山，越來越像是
親愛的
一日不見如隔三秋
於是
我們全都嫁給山
就愛與他同行

等你

白雲走了
讓他走
河水跑了
讓他跑
我就是坐在這裡
等你
再等你一千年
定能等到

再說親愛的

只要成為親愛的
就分不開了
日夜想著
都是爬山的感覺
雖有奮戰的辛苦
到達登高的滿足
一切都值得

一路前行

有風聲
說三道四
有雨聲
人五人六
不聞
吾等三人
一路前行

沿路好風光

人生道上好風彩
因緣突然來
我們好珍惜
明天不一定再來
誰說千山獨行
打開心胸
起點到終點
風光不論顏色
到處是可愛

俊歌

一路上有
俊歌相伴，真好
有你指引
兄弟們才找到真理
有你帶領
我們在臺大找到窩
你是我們的
恩主公

一站一站過

人生說來也詭奇
都得一站一站過
有人過了
有人沒過
能過一站
就要謝天謝地
最差的是
起點即終點

走筆架山

沒想到
這段路的艱困
超越雪山、大霸
人間道上
太多的意外
無論如何
都要鼓足勇氣
向前走

阿里山人

俊歌

說他是阿里山人
這山中最多的
是風花雪月
風，半夜來敲門
花，朵朵都是蓮
雪，清靜如飄夢
月，伴你如夢
阿里山人有福了

一個人想

一個人時最美
可以想很多
想做而沒做的事
年輕時離去的女友
跟了那個男人
到期的私房錢
要來討誰歡心？
以及……

風花雪月

人生說穿了
不外風花雪月
很多風聲
要用一輩子聽
花的誘惑不分年紀
有時一不小心
雪上加霜
而夜月鄉愁總太濃
足夠一生修煉
就這四個字

人生四境

有個高僧告訴我
人生修行僅
四境
把自己當自己
把自己當別人
把別人當自己
把別人當別人
人到聖皆如是

可敬的學長

信義兄長
年七十學寫作
《所見所聞所思所感》
《芝山雅舍》
《健群小品》
《歲月行腳》
四本好書正流通
紛絲團風聲
日緊一日

找尋一座山

行腳，不經意
走到這裡
為找尋一座山
能一往情深
任你進出
完成自我實現
此山
芳踪何處？

飄

失重的身子
長了翅膀
隨風飄
或飛
飄飛，找尋
解放的舞臺
將滿足
寄託給風

住大飯店

住阿里山飯店
有特別享受
煮雲吃飯
釀雪為酒
窗風入夢陪睡
早晨鳥聲敲門
滿山森綠
是免費的服務

雲和雪

沒有雪
雲也是雪的一種
我喜歡
雲上插一朵紅花
雪紅、或雲紅
也長出想像翅膀
如同革命
超浪漫

輯十　臺大退聯會快樂歌唱班

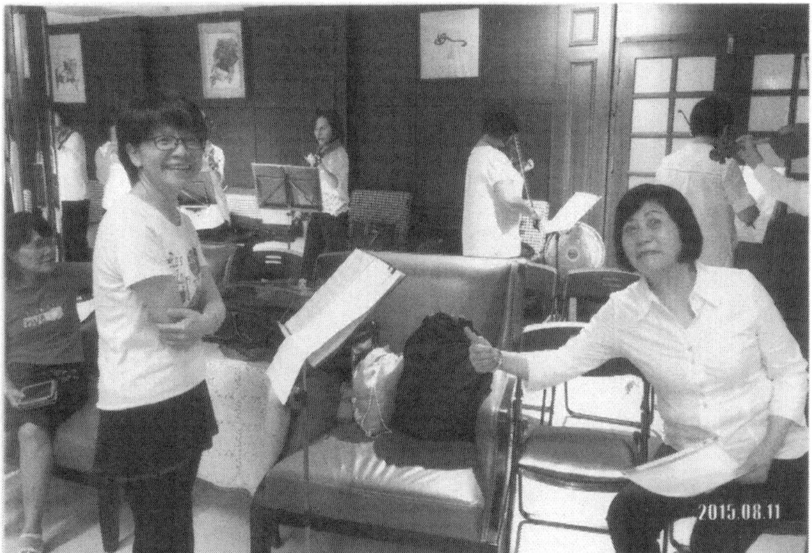

醉了

我一背起吉他
人就醉了
醉會傳染
導至大家也醉
我們唱了一夜想思
好爽
人生難得一醉

未婚聯誼

這次彈唱
為臺大未婚聯誼
據說
唱完〈午夜香吻〉後
那夜
這群青年男女
都私奔了
奔向魔鐵

唱老歌

還是老歌好
有感覺
老歌都唱些什麼
不外是枯藤老樹
昏鴉，小橋流水
人家，古道西風
熱心腸人
快樂歌唱人生

歌聲，有情

新生代的歌
聽不出有情
我們唱老歌
有情，是情歌
才會感動
歌詞在心中迴響
一連幾天
也在夢中合唱

記得

一切都會慢慢遺忘
有的走失
只有歌聲記得
直到四週空空
人也遙遠
你還是會記得
到底幾部合音
記得再唱要修正

唱歌使地不動

山，經常會走來走去
地，常有起落
風雨河海
都在飄移
天在下、地在上
只有唱歌的時候
山河大地都靜止了

唱歌打敗魔鬼

佛說這是五濁世界
到處有濁惡魔鬼
入侵毒化了
陽光、空氣、水
危害人體健康
靈魂亦變濁
據聞
唱歌可以打敗魔鬼

唱歌醫生

歌聲
把一個人解放了
唱歌是個大醫生
歌聲是神醫
克服老病
平復感傷
感走寂寞
放歌吧

日新又新

別以為我們老了
失去創新力
今天已被推陳
明日將有出新
新的點子
說之不盡
每日和春風為伍
享受春風得意

少水魚的修行

四週的水
已經越來越少
我們浮出水面
吸氣、吐納
再深潛
水少
也是道場
這節功課是
布施一抹微笑

輯十一　臺大退聯會郊遊

國立臺灣大學退休人員聯誼會
2014.10.14

移動世界

我們把世界搬來搬去
移動大地
河海桑田順吾意
這回玩個
小意思
把新社古堡移到眼前
下回會玩大的

開始寫回憶錄

走過三大洲五大洋
巔峰和深谷
都是學問
現在時間很多
要寫下來
給兒孫看
就從這站開始回顧

但願人長久

一路上
紅花綠葉
互訴三世因緣
無風無雨
紅花見天堂
綠葉是紅塵
有因果牽引
來世又重逢

你我

一方空蕩蕩的宇宙
只有你我
一百億年不算永恆
此刻你我同在
下臺階就是陽關
再見時
已是猩猩世時代

互傳密語

到了這時候
別捨不得
雞肋就丟了
我們要喚醒青春
跌落的勇氣再扶起來
別怕風聲
不顧耳語
再偉大一次

聽，無情説法

人類之中
言説滾滾如浪潮
傾聽者稀
真理俱在傾聽
風聲講經、雨聲説法
星月無情
説法第一

山城的呼喚

含氧的風聲
傳來神妙的訊息
放逐繁華
包圍一座山
城隱於霧裡
玩的不亦樂乎
大家站成
一首清淡的詩

意外

我們本來只是郊遊
但唱完
龍的傳人
古月照今塵
整座山都感動了
太感傷，以至
天空開始掉淚
這是今天最大意外

求什麼

人皆有求
政客求權力
商人求錢
軍人求升官
獨孤求敗
我們只求那些
風聲雨聲
離遠一點

都是任我行

亂中有序的一群老鳥
每隻都是飛行高手
從不與人爭鋒
只寫自己的傳奇
來去自如
從一個江湖
混到一個江湖
個個都任我行

向前看

向前看
有光
就笑一個
全人類感恩你的
布施
向前看，無光
因為沒電
來電吧

旅途

沿路
少不了顛簸
也沒有固定的路跡
旅途就這樣
東晃西晃
一不注意
就晃到這裡
到處飄雪

輯十二　臺大退聯會理監事會

慢活

為了慢活
我們把鐘錶調慢
電池少放一個
果然都慢下來了
月也不追日
清風徐來
業務少了很多
慢才好混

醒或不醒

醒或不醒都不好
醒了看清
也不能始終不醒
真是兩難
半睡半醒好了
問問自己
這輩子何時清醒過？

上臺做什麼

上臺了
要做點什麼
大家集體創作
左思右想
應該要創造神話
只有神話
才合乎大人的
智慧水平

面對兩個敵人（一）

八千里路雲和月
多少會樹敵
都被一一化解
現在又有兩個
要命的敵人
一個是他
還有他
我們都以微笑面對

面對兩個敵人（二）

兩個無情的敵人
太冷血
日夜追殺你
分秒不放過
你無處躲
幸好，這回你參加
理監事選舉
他倆空手而回

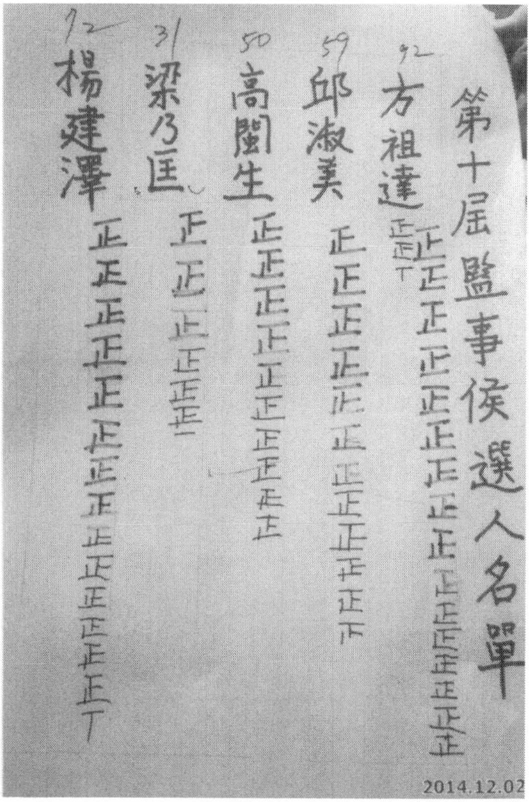

面對兩個敵人㈢

那兩個敵人是決不死心
你死他活
是他們終極目標
於是，他倆
他倆隨著時間的流逝
盯的越緊
你遲早會落在他們手裡
就別理他，當他是空氣

輯十三　臺大退聯會千歲宴

千歲宴

二〇一四年五月二十二日
臺大退聯會舉辦
千歲宴
校長楊泮池親自參加
看見了嗎
那些千歲公
千歲婆們
依然散發著青春

回到何處

兒時童謠沒唱完
已到老耄
躊躇須臾
已望見對岸
列車是絕不停的
只看你
在那一站下車
回到何處？

一粒砂

在天地間
你是一粒砂
或更小
無論你小至微塵
仍須在山河裡
與風雨相周旋
找到定位

遇見

行至驛站
休息，馬兒吃草
我們點一盞燈
一甕好酒
洗塵
一路相伴
千山不獨行

輯十四　臺大校園美景

你說愛國愛人

你住這裡幾十年了
你一定經常
巡視校園
你知道嗎
你說的愛國愛人
現在變了
校園中了胎毒
生出很多妖魔

土地公無能為力

校園難以清淨
越來越可怕
新一代的基因中了胎毒
生出來的不外
牛鬼蛇神
邪魔歪道
禍國殃民
土地公無能為力

醉月湖

如詩的垂柳
鐵定是喝醉了
斜風細雨的影子
伴你浪漫
誘惑無所不在
令你彎腰撈起水中月亮
你便千古不朽

傳染

人在群眾中
背後會有一支手
傳遞血紅的性奮
人身不由已竄起
如風的姿勢
奔向滄茫的天空
燒成一團火
越燒越壯大

李學勇樹

地球唯一
人工雜交桃花心木
臺大植物系
一九六五年育成
李學勇樹
教授已移民西方
成果永在校園

風景獨白

傅鐘靜默
以免被打破頭
至少沈默是金
四週風景
冷冷的看
常有人在此聚眾
除了一幅風景
沒啥搞頭

中界

出來是陽界
進去通往陰界
這裡是兩界交匯
最適合做大夢
再也不願醒來
不醒，是不想
看到這
沈落的校園

傳說

這裡典藏臺大
百年傳說
只是一棟屋子
洶湧的二戰
不為所動
子彈大砲飛來
化成一朵花
在門口盛開

如夢一場

你是誰
踏夢而來
我們來不及喝一杯
你又
踏夢而去
只殘留一些影子
無端空茫
你是誰

椰林大道

在這裡橫行
想像自己
就是一首現代詩
享受鋪天蓋地的陽光
兩旁都是衛兵
頓覺自己很偉大
飄飄欲仙
醉倒椰林下

？？？（一）

本想去革命
為什麼寫一堆詩？
還被叫詩人
因為發現
用詩進行革命
容易多了
詩有粉味
革命沒有

？？？（二）

站在這裡看對面
想抓住什麼
又什麼也不想抓
很無聊
抓一把空氣
用來定義人生
或詮釋臺大好與不好

輯十五　臺大退休教官聯誼會

新戰爭論

我們轉換跑道
進行新戰爭
寫新戰爭論
以酒論英雄
砲彈飛彈從口中出
也有女兵
戰場上
色香味俱全

戰場如詩

新戰場也不一樣
沒有死屍
完全不見血
如詩的酒菜
如詩的女人
滿園春色
早知有這個戰場
誰都不想去革命

俊歌致詞

俊歌轉換新戰場
當了臺灣大學
退休人員聯誼會
第十一任理事長
帶領會員
打敗邪魔鬼道
獲頒大獎
他發表感言

戰場狀況

現在的戰場狀況
很單純
真正的敵人
就是你自己
誘惑仍有
不外是巫山上一些
雲雨或水
界線得自己判斷

「六一九砲戰」英雄

別小看
老先生當年可神勇
六一九砲戰時
郝柏村坐鎮小金門
而他
給郝柏村信心
中華民族頒給他
「榮民」尊位
位如泰山

得與失

以前大家搶升官
千方百計得一缺
若失之
躲在廁所哭三天
如今思之
這輩子，其實
不增不減
無得無失
怎麼搶都白做工

最快樂的事

帶著吉他
任由風的引領
駕雲而來
隨風景的高興
唱給這裡的好兄弟聽
好兄弟與眾生無別
這才是讓人快樂的事

一瞬史記（一）

六老加四
都是千年貓
醉得找不到歸途
在此酣睡一瞬
滿足的微笑
才發現新航路
酒醒後持續旅程
找尋良港

一瞬史記(二)

統一之路
一棒一棒接力
終點在不遠處
風雨日兇
把握這一瞬
浪漫片刻
接下來將有
一場大戰

曾經

久遠的風聲雨聲
為時代寫真
現在被強大的
風雨，封口
民主亦被謀殺
吾等老朽
只能留下一方記憶
記錄曾經的愛

俊歌又獲獎

俊美的歌聲
一路唱著
飛在高空的鳥
突破天空
天空無言
俊歌又獲獎
他是得獎大王

我們的季節

相聚時
就被青春喚醒
激起興奮的夢想
夢想著，如果
你的灑脫
回春了，那麼
在我們的季節
常相聚

歲月（一）

歲月走後
留下一堆破銅爛鐵
腳步
從輪迴中
找到存在主義
論證歲月
是存在的

歲月（二）

存在主義存在
沒有終點
只等歲月達到高潮
一切就結束了
結束後
歲月往何處去？
唯佛能知
也許是另一種
存在主義

中國軍魂

一到臺大
《決戰閏八月》
《防衛大臺灣》
二書出版後
大陸送我一頂帽子
「臺灣軍魂」
帽子太小
我想要的是
「中國軍魂」

春秋大義（一）

我傳播一種無尚大法
是謂春秋大義
那些亂臣賊子
臺獨偽政權
禽獸豬狗
只要聽到
就會淪入因果天牢
求出無期

春秋大義（二）

那罪人淪入天牢後
月亮太陽都不見
還禍延子孫
深怕春秋大義
再糾纏下去
紛紛一死了之
這南蠻荒島
從此無胎毒
春秋大義法力無邊

全統會九屆一次大會合影
2019/4/21台北天成飯店

胡思亂想

假如當年愛上妳
地球是現在的樣子嗎
黏著妳
被一種美吸引
如今思之
該要發生的事
要結成的果
為何沒看到影子

輯十六　臺大退休教官神州行

中国·芮城海峡两岸道德文化交流会
從這個場景裏可以看到統一的未來
中國祖先道德文化這條紐帶連接着炎黃子孫
——黃色皮膚的一切人

承擔

誰能一肩擔起
一個民族的重量
還能感覺
清風明月
我們漂流到山之西
找機會
一股腦兒
承擔起一座山

友誼有長度

大地未睡醒
友誼雙雙來到嚴田村
向天下第一樟請安
前世記憶回來了
多麼熟悉
前世的一個下午
我們坐在樟樹下
罵李鴻章割臺

往事史記（一）

那些航行過的跡痕
很快被風沙蓋住
用大筆進行考古
找出來
記於史冊
光陰還是有情人
找到後陳列出來
讓後人有機會品讀

往事史記（二）

航程中
在重慶大學加油
也取經
故事更豐富
繽紛的夢
挖出來還新鮮
記入史冊
最鮮美的一段

往事史記（三）

那些年怎會走到這裡
如見故人
想來想去
不是基因，便是血緣
引領航路
使我們始終不迷航
以心傳心的故事
字字寫入史記

因為（一）

為什麼會成為同路人
又做了同樣的夢
一樣的笑容
一樣的月光
風也知道
鮭魚會洄游
回到同一條河
保存基因

因為（二）

為什麼愛情保鮮期
比曇花短
詩的靈感
稍縱即逝
剩下的是詩之屍
只是存在
鮮美逃之夭夭

因為（三）

為什麼我們都想飛
我們都是詩人
詩人都長翅膀
想飛上神州的天空
可以一眼望盡
一片海棠葉
聽江河濤歌

記憶（一）

這影像多久了
記得三皇五帝時
我們到此一遊
記憶泛黃
印像仍新
歲月不斷流逝
記憶永不老

記憶（二）

四季在濛濛中
一再發芽
生命也隨風漂泊
所有事情放下
唯獨
最容易想起你
流轉三世
才碰到的因緣

記憶（三）

有些記憶是一把刀
相遇的故事
以刀深鐫
情節密封永凍層
春風一吹
很快解凍
記憶又如新

記憶（四）

流浪了很久
才找到真理的世界
欲念都淨化
再也不想回頭
這種感覺
來自血緣的牽引
勿論埋在土裡多久
記憶永不死

兩岸

同一家人
被政治五馬分屍
意識燒得火紅
七十年死不見面
現在我們架起小橋
連接兩岸
期許都是一家人
和平相處

大禹渡情思

大禹的專長是治水
有大禹在
長江黃河都乖乖的
不敢造反
大禹該來一回臺灣
臺灣的口水
會殺人
請大禹快來臺灣

後會有期（一）

這南蠻小島
快速沈淪
一日落沈千公尺
已成罪惡之島
島，恐怖
行恐怖統治
而統治者
乃一妓女、眾土匪

後會有期（二）

恐怖島
越來越恐怖
說錯話明天人不見了
人民都成啞巴
為鼓舞生存信心
分手時說
後會有期
好過日子

人間淨土

這世界太亂了
東邪、西毒
正在鬧種族主義
帝國主義
南腿、北丐
都是妓女土匪之流
只有天下之中央
一塊人間淨土

相約五臺山

情思在風中流轉
只想找到渡口
獨駕光帆
在星球間探索
又到靈山仙境修行
只為今生此刻
相約五臺山一見

西安

二〇一〇年十月廿九日
芮城《鳳梅人》報
主持人劉焦智
在西安機場
與我等會面
從此關於兩岸
西安、東安
萬事皆安於啓動統一

2010年10月29日5時30分，《鳳梅人》在西安機場首次與臺灣摯友陳福成、吳信義會面。

晉國古都博物館

看完這博物館
吾等一夜驚魂
驚魂於
二千多年了
國之重寶
都復活了
活在所有中國人心中
基因血緣未變

喬家大院

才不久的事
這裡盛開
風花雪月
展演著
神州大地繁華
流水傷逝
只剩寂寥清冷的影子
在夜裡獨白

平遙古城

據說
古城有五千歲了
與黃帝同壽
且見證過
中華民族興衰
現在又可見證
中國夢，正在
實現

大禹

想起大禹
就想起陳菊
一場大雨
高雄馬路三千坑洞
錢到那裡去了
怎麼治水的？
大禹不說
高雄人假裝
都不知道

中國・山西・芮城大禹渡風景區
當年大禹治水　今朝吾輩治世

關公祖廟

兄弟三人
到山西運城
關公祖廟
請益
義之現代定義
關公反倒關心
臺島淪喪了
禮義廉恥

友誼（一）

天涯相隔
那晚芮城共醉後
又過了千年
友誼
是心中一盞燈
可以照亮
三世的光明燈
永不熄滅

友誼（二）

大禹渡的黃昏
細雨飄落
友誼的溫熱
滿心涼爽
我們笑著
以友誼統一中國
勝過任何主義

友誼（三）

友誼是一股清風明月
可以上接李杜
下達百姓
故說以友誼
統一中國
一統天下
我們高呼
友誼萬歲萬萬歲

永樂宮

未見永樂公主
只見中華眾神
在此共商
統一大業
同時警告分裂主義者
若要背叛祖宗
定打入無間地獄
求出無期

我們喜歡（一）

討厭一座島
就一起流浪
找尋歡喜
只要歡喜
殺了漢奸也高興
只要喜歡
臥在雪裡也溫暖

我們喜歡（二）

就是喜歡這位
文學院院長單占生
因為我們是
共飲長江水長大的
長江黃河的濤聲
我們喜歡
喜歡一種
千年不變的味道

鄭州大學

我的夢
典藏在這大學裡
我的春秋大業
腳印、證據
在這圖書館裡
當我取得西方簽證
我的夢在這裡
醒來了

河南博物院

一行人
不願流亡荒島
不想當孤臣孽子
不看妖女禍國殃民
不看土匪騎在人民
頭上，灑尿
來到河南博物院
找尋感動

舜耕歷山

臺灣所有的廟宇
有舜耕歷山圖
有誰聽到
大舜的呼喚
我們聽到了
親自來聽聖君說法
總結要意
統一才能實現中國夢

文殊菩薩說法

紅塵太濁
總是隔沒多久
身心到處是灰塵
洗塵，功能不大
聽完文殊菩薩說法
頓覺身心內外
乾乾淨淨
出了山門
不知維持多久？

輯十七　我們在臺大

臺灣大學退休人員聯誼會二〇一九年春節祭祖告文

時維
公元二〇一九年（民國108年）二月十二日吉時，臺
大退聯會第十二屆理事長楊華洲率理監事暨會員代
表，在校本部辦公室祭拜我中華民族列祖列宗。我
炎黃子孫自三皇五帝立基拓土，歷
唐堯虞舜夏商周秦漢三國兩晉南北朝隋唐五代宋元
明清中華民國中華人民共和國，我中國永在、
勉懷列祖列宗德澤功業，謹以果醴茶點之儀，致祭
於列祖列宗之堂前曰：

列祖列宗　勳功卓越　開宗始祖　拓疆建業
佈展神州　秦皇漢武　孔孟李杜　聖賢豪傑
立德立言　代代傳揚　至今兩岸　共謀和平
完成統一　恭維我祖　繼志不忘　謹陳果醴
來格來嘗　謹告

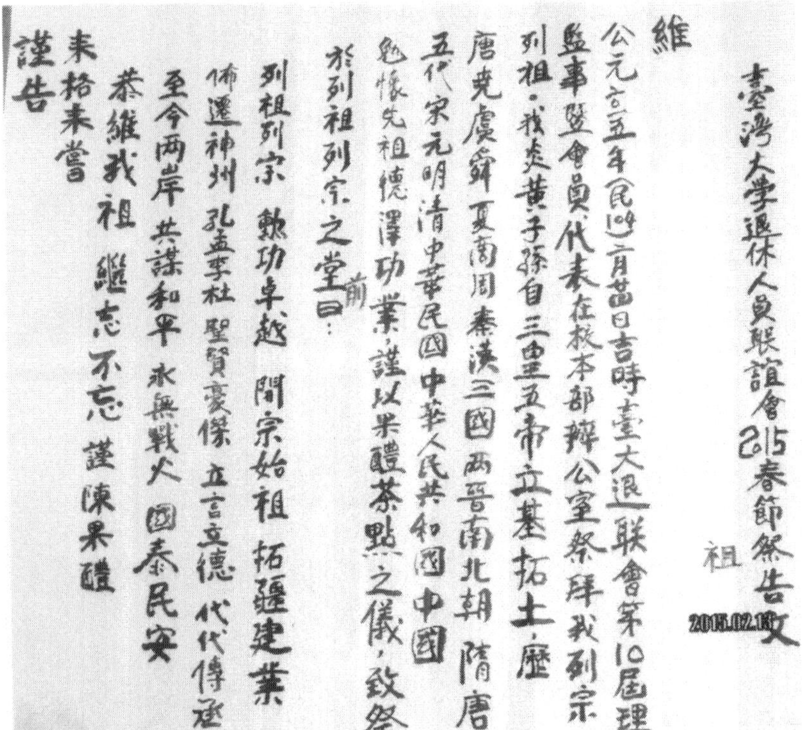
臺灣大學退休人員聯誼會2015春節祭祖告文
2015.02.13
維
公元二〇一五年(民104)二月廿四日吉時臺大退聯會第10屆理
監事暨會員代表在校本部辦公室祭拜我列宗
列祖。我炎黃子孫自三皇五帝立基拓土，歷
唐堯虞舜夏商周秦漢三國兩晉南北朝 隋唐
五代宋元明清中華民國中華人民共和國中國
感懷先祖德澤功業，謹以果禮茶點之儀，致祭
於列祖列宗之堂前曰：
列祖列宗 勳功卓越 開宗始祖 拓疆建業
佈遷神州 孔孟李杜 聖賢豪傑 立言立德 代代傳承
至今兩岸 共謀和平 永無戰火 國泰民安
恭維我祖 繼志不忘 謹陳果禮
未始未嘗
謹告

問：有何差別？

（一）

楊修問
現在死和二十年後死
有什麼差別？
阿基里斯問
現在死和五十年後死
有什麼差別？
我先問諸君
有什麼差別？

問：有何差別？（二）

燒成骨灰
不燒成骨灰
有何差別？
反毒
不反毒
有何差別？
我問眾生
？？？？

問：有何差別？（三）

骨灰放在塔裡
或樹下當肥料
或隨風去流浪
有何差別？
萬法唯心
說差別是名差別
無差別是名無差別
相隨心轉

團拜

一大早我們趕著
私奔
為特別的相聚
不能不到
因為要留下證據
地球仍在
要安老友的心

一瞬悸動

時間一群群
壯烈成仁
我們迎向一陣清風
因緣在這路口
腳步踟躕瞬間
將這美麗悸動
收藏行囊中

停格

五公心情
暫時停格這裡
許多眼睛投射
我們端坐
成為一尊神
也只停格片刻
共同完成一件
經典作品

放下

外界風雨
常吹進校園
導至校園裡
外面大雨
裡面小雨
如何將內外風雨
都放下
已是必修課

隨想曲

無所事事的假日
三人帶著清風
到臺大
聊聊花開花落
隨想當年
金戈鐵馬
盡付笑談中一段
壯烈的笑話

三公

一把年紀才發現
原來我們竟是三公
天地人正是
堯舜禹嚮往之
其何人也
有為者亦若是
老歸老
偉大志向仍在

佳莉臺大圖資所畢業

她研究所畢業
她往何處去？
她心中可有夢？
我和妻子不知道
不知道
她知不知道
天地太大、變數太多
人生探索之旅
才要啓程

食科所游教授

天下大事
盡在一瓶酒中
兩岸終局
一瓶酒尚未喝完
已然結束
中國歷史之分合
如酒友相聚
合合分分

哲學系郭教授

不論東或西方哲學
講到政治
就是一個屁
不如放飛自己
隨風飄
讓自己飄得高興
那些是非功過的重量
不如腳上一支拖鞋

黃昏之戀（一）

有點老花真好
無論看什麼
都美美的
像春天向我們
走過來
一種清淡的悸動
從心中湧起

黃昏之戀（二）

我們開始研討
今夜停泊在誰的港灣
好享受黃昏美景
若有黃昏戀曲
便以港為家
再也不去流浪
這是研討會的結論

老人與海（一）

拼搏了一輩子
見過多少大風大浪
無論多麼洶湧
是自己的海
海是自己的江山
如今汪洋大海
依然是夢中的版圖
惟無風無浪

老人與海（二）

無風浪的黃昏海洋
偶有鄉愁
織起陣陣漣漪
只得將所有節日
藏於深海
於老友相聚時
以一抹微笑
投向海平面的夕陽

逆旅（一）

陽光普照
照見這條路
小站相遇
一世一瞬
不少風雨
留下的
許多牽掛記憶

逆旅（二）

總是有些牽掛
就當是窗外風雨
你找生命的春天
我找可以靠的彼岸
不論瞬間美麗
或一夜幸福
未央的旅程
都有了寄託

我的豪宅

這是我的豪宅
太大了
夢幻泡影般
站在大門口
複雜的結構
記著一生豐功大業
我走後
豪宅還給天地

故事

我們這輩子也
寫了很多故事
雖不動聽
很真實
留給自己回憶
不打算留給後人
可能留給
轉世後的自己

無常劇本

生命無法預演
無字劇本
天天都不一樣
也許明日陽光同行
或有無常禮物
都不知道
僅知
今日春風得意

這裡要變天了

外面的頂層掠食者
開始要入侵校園
臺大學生會為向
掠食者獻媚
啓動校園轉型正義
第一場大火
燒向傅鐘
這裡的天空火紅

久遠的風

很久以前一陣風
熱情吹起
風中有花香
人兒溫馨
四週有蜜蜂
來採花蜜
啣走了烏雲
天空間盡是風光

在一座爛掉的島嶼乘涼

島嶼爛掉
比爛蘋果爛
沒有最爛
只有更爛
我們在爛島嶼裡
乘涼
這是什麼境界
何樣修行

在類人世界修行

島嶼爛了
人類退化成類人
在上者，成群
禿鷹、鱷魚、鼠輩⋯
滿街狼犬
一隻母豬統治島嶼
我們在類人世界
快樂修行

五彩人生好美麗（一）

夕陽的紅霞
還興奮著
花開花落
無端又過了一年
身影留在歲月之船
明日是美麗的啓航
下回相遇在
哪一座太空站？

五彩人生好美麗（二）

歌，在這裡迴盪
沿著我們青春之路
迴盪成一幅
五彩山水
奔放的唱吧
唱出你的新愁舊夢
你的彩色人生
才是真的解放

五彩人生好美麗(三)

我們一起醉臥
山河大地
四季跑得多快
不傷春
走在這條路上
五彩繽紛
滿心歡喜
不喝酒也醉

輯十八　因緣在臺大

國立臺灣大學退休人員聯誼會

都不化粧

我們以素顏
為本來面目
作為
見面禮
現在到未來
皆如是
我們相見
都不化粧

難得

這麼多人要
在這一瞬間相聚
看見同樣的光
很難得
光是計劃上百年
加上因緣合和的等待
至少幾世
或要千年
此說非誇示

芮城穴居

來到山西芮城
找穴居人
在荒山草叢間
發現
另一世界的入口
經驗測DNA
同是中華民族人

同是信義民族

我們有共同的故事
同是講信修義的民族
共同的語言
相同的血緣
最終，我們會
打敗分離主義妖魔
走在同一條路上
共享中國夢

六老加四

說是黃昏六老
左看右看
更像朝陽
再看那四朵花
似含苞待放
因為我們
天天都是新生

臺大逸仙

我判斷
臺大逸仙將會碰到鬼
因為學生會啓動
校園轉型正義
魔鬼已入侵校園
在魔鬼島
仙怎鬥得過鬼？？

臺大酒黨

魔鬼入侵校園後
不會來這裡搞
轉型正義
我們放心喝酒
萬一魔鬼真來了
相信酒力
勝過任何邪惡勢力

萬一轉型正義來了

島嶼的頂層掠食者
以心傳心
啓動了校園轉型正義
誓必收復失地
打倒封建餘毒
跳舞，雖是封建泡沫
大家還是小心
風暴來了會傷人

山中傳奇

傳奇在山中
山裡才有安全的避風港
綠意瀰漫
百花舒展
這正是山中理想國
轉型正義來了
我們入山避難

造反

這麼多人相聚
是要造反嗎
正是
我們向歲月造反
向年老革命
偏偏不服老的統治
一起造反
再年輕一次

一抹春風

橋下飄來一朵春風
春風牽起每個人的手
一抹笑意
是懸空的花朵
朵朵動人
晨光交會的瞬間
留下一幅
生命璀璨的身影

歌唱人生

人生苦難太多
歌唱能化解
人間太多風暴
歌裡有避風港
社會太黑暗了
唱歌顯光明
太多繩子綁死你
來唱歌
把自己解放吧

自我解放

背著吉他不流浪
流浪的是歌聲
和一顆心
至於肉身
就站在這裡
奔放歌唱
自我解放
也將你一同解放

到底在反什麼？

你們到底反什麼？
這是類人島
通姦除罪後
毒品亦除罪
大家可任意交配
不要用人類標準
規範類人作為

轉型正義

風雨來了
誰能不為所動？
何況是邪惡的風暴
校園轉型正義
會改變陽光空氣水
推翻老傢伙的封建
我們只好入山
躲一陣暴風雨

中華兒女漸稀少

俊歌感嘆
中華兒女漸稀少
成為被打壓的對像
島嶼爛了
生物變質
累世孽緣
我們就靜觀島嶼
沈！沈！

隱遯深山

為避開水泥叢林的壓迫
校園轉型正義
是統治者邪惡之手
都要避開
隱遯深山
成了靈魂唯一出口
不然，將會被轉型
成為一個活死人

悠閒

河岸走走
與陽光拋拋媚眼
心事浮出
啄食一些夢想
或回顧此生
那些混過的日子
何曾悠閒

回想

生命是一條奔騰的江河
會流走一切東西
看啊
那些人事地物
在浪中閃爍
一不小心
半個多世紀就流走
只剩一點雪花飄飄

俊歌的歷史

俊歌的歷史
說長不長
說短不短
自三皇五帝以來
都是他所關心
他就是一部
活生生的
反臺獨運動史

老夫現在

早已退出江湖
轉型正義
關我鳥事
島嶼沈沒
是島嶼的共業
老夫現在專心建設
自己的理想國

肢體語言

就是比劃比劃
不立文字
教外別傳
伸出你的玉指
是愛的意象
你愛的是誰？
秘密藏在
靈魂之窗內

我彈唱

天下越來越亂
我彈唱止亂
社會越來越黑
歌聲洗白
島嶼不可為
唱歌
是大家的避風港

後方緊吃

島嶼沈淪
解放軍將來征討
完成最後統一
戰火燒起
前方吃緊
我等在後方緊吃
慶祝中華民族復興
華夏一統

作家的燈

不論天下多亂
作家心中有一盞燈
不論社會多黑
作家的燈依然亮
島嶼沈淪
此燈不滅
這盞燈
是作家詩人的理想國

面對這濁惡之島

島嶼發爛後
變得又濁又惡
如邪靈附身
就算陽光普照
也塵霾漫天
我們一路狂笑
笑聲追著我們
一路笑到底

傅園

這裡將有風暴
傅校長已感知
惡靈將啓動
校園轉型正義
把老校長
從墓中挖出
清算
傅園將成活火山

共同回憶

走過多少雲和月
你是否曾經
流下潸潸的淚
淚光都已化成回憶
如詩之美
我們堅持
歲月絕不熄燈
守望共同的回憶

江湖廟堂

國有國法
家有家規
江湖上也有規矩
隨意和乾杯
都同樣定義
以酒論英雄
酒量定官位
難怪官爺光說酒話

叫時光不走

時光洶湧前行
求他暫時駐足
他走得越快
叫時光來看我們
醉人的演唱會
果然時光在這裡
如癡如醉
時光不走了

老鹿和小鹿

一隻隻老鹿
半生修行
仍難無欲
依然經不起花蜜的誘惑
懷裡總藏著一隻小鹿
一天到晚亂撞
撞出本本詩集
這是詩人的可愛

千歲宴

大家端坐
含苞待放的笑一個
三千世界雖大
此刻你最大
世界領導一串串
你是盛宴的主人
千載難逢的
一瞬唯美

西侯度人

中國人
最古老的祖先
百萬年前
在這裡獵獸
生火、熟食
那火光和味道
我們來訪時
似乎還在

沒有距離

我們偶然相遇
似曾相見
沒有距離
又做著相同的夢
想著一樣的目標
真奇怪
為什麼？是否我們
曾經共飲長江水

詩的誕生

在我的國裡
朕説了算數
所有的星星未經批准
偷偷閃光
都是叛變
光陰走到朕面前
也要跪下
據聞詩乃誕生

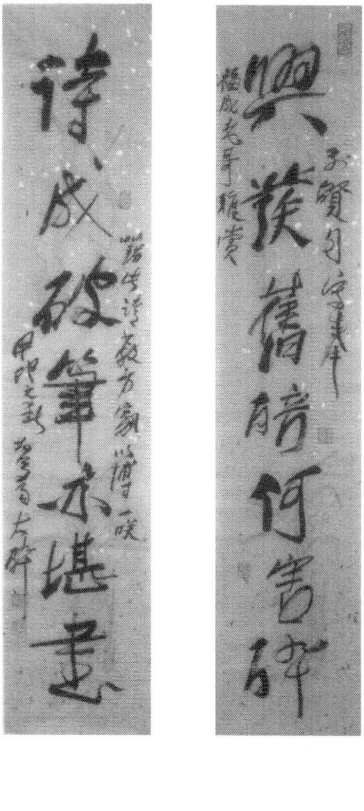

我看

終於上了雲端
我到處看
大家都在雲端藏寶
什麼也沒有
看到的盡是夢想
那是許多人的
夢想都在雲端
我仔細再看
竟看到一朵蓮

一路走來

百年風雨
只讓白髮飄飄
其他都不為所動
還笑傲那些風雨
才一丁點能耐
一路走來
沒點霸氣
怎能活到現在？

別反了

通姦已經除罪化
毒品亦將除罪
所有傳統都是封建
孔孟李杜…傅斯年
挖出來清算
四書五經被焚化
島嶼都反了
我們反什麼？

風景

我們是地球的風景
存在一個秘境
沿著桃花源
指向古老的角落
你成為別人的風景
別人也是你的風景
我們共構一景
在景中生火取暖

桃花源之春

我們是尋夢的閒人
心中的夢太多
太偉大
這一段夢境
突然示現在
桃花源之春
下一段夢
等待轉世的春天

外面有鬼

到了我們這年紀
看到的外面
到處是鬼
邪魔、妖女、土匪
都是各種鬼怪
幸好，裡面
是一塊淨土
大家別管外面的鬼

我們唱著

古老的風又吹起
記憶活了
披頭四靈魂附體
我們唱著
奔放的歌聲
再次轉動地球
證明一首歌
是一支穿箭
穿透到廿一世紀

逸仙英雄們

你們是臺大逸仙的英雄
漂亮的仗已打過
輝煌戰史
寫入我的史記
現在校園變質了
魔鬼穿著上帝的外衣
搞轉型正義
島嶼沈淪、大家保重

歡喜見

就是歡喜的季節
喜歡來取暖
聽老哥你的故事
故事雖已不動聽
只是這裡走走
那裡坐坐
還是高興
相見就是歡喜

輯十九　遺境追捕（一）

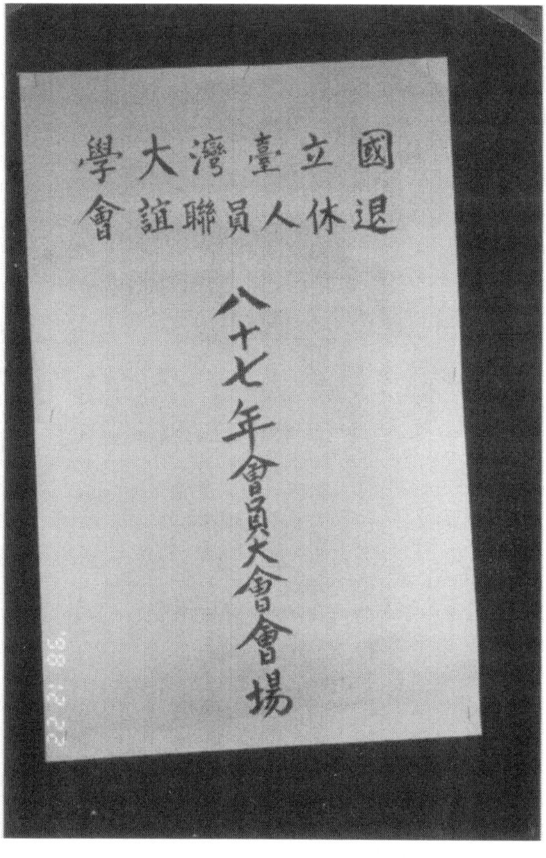

國立台灣大學
退休人員聯誼會
八十七年會員大會
'98 12 22

這一年

宇宙到這一年
一百四十億歲
地球五十億歲
我們兩歲了
關鍵的一年
我們不走
宇宙和地球
都過不了

唱我們的歌

把喧囂的風雨
擋在外面
把困擾的口水
放流外海
我們唱自己的歌
做自己的夢
能改變內外環境

行者

行者
你已一肚子學問
還要取經
成為學者後
在校園
講經説法
應説轉型正義
真相

雪花飄

現在雪花飄
不在冬季
夏日炎炎
也飄著雪花
雪花都是織夢的神仙
在黑夜裡
依然亮白
成為暗中的燈

傳播快樂

快樂可以轉型
換成一陣風
快速傳遞
我填好一張報表
成群的鳥兒
馬上收到很多快樂
感染比網路快

光陰吃掉青春

歲月被打得破碎
破碎如海的浪花
站在鏡前
回顧，島嶼的荒蕪
清理一生春秋大業
全部的青春
都被光陰吃了
還是很值得

同乘一車

我們同在一部列車
安危與共
不知你何時下車
或轉車了
不見人影
列車在太空晃著
駛向茫茫的未來

深藏智慧

數十年吃的走的路
化成智慧
深藏在記憶光碟中
看不出來嗎？
他心中仍有夢
可實踐的理想
都深藏著
從靈魂之窗散發光輝

我愛

就是愛這個
深深的愛
不是因為那事
而是愛
就算愛成了灰燼
還是愛
愛過才是活過

收復濕地

你渡海來臺
為收復一塊
神州丟掉的濕地
在很多個濕濕的夜裡
你苦幹實幹
不僅為祖國收復濕地
也解決人口問題

老人新馴化論（一）

以前被長官馴化
被體制馴化
馴化成寵物
現在不玩了
不理會那些
牛鬼蛇神
要自創新馴化論

老人新馴化論（二）

新的馴化對象
時間要馴化
馴化成自己的寵物
馴化一首新歌
凡是好玩的都馴化
若能馴化黑白無常
乃馴化最高境界

老人新進化論（一）

所有零件都退化
乃自然法則
有些地方要進化
如錢不存太多
遺產越多
問題越大
禍害兒孫三代

老人新進化論（二）

人越老越須要進化
島嶼沈淪任沈淪
自己以外的人事都別管
爽快花錢
風聲雨聲都是屁
國事家事都是夢幻泡影
你必須進化成佛

老人新退化論（一）

有些器官退化的慢
如眼耳
要用人力加速退化
不想看的
眼睛功能要降低
不想聽的
就成為聾子
聾盲啞才是淨土

老人新退化論（二）

在許多方面
老人家不要爭先恐後
盡可能退居第二線
甚至第三線
越是後方越安全
有人要衝到前線
讓他衝
他替你擋子彈

輯二十　遺境追捕（二）

老人新人生觀（一）

活到老學到老
越老越要學
老人新人生觀
你要慈眉善目
像一尊菩薩
你見過菩薩罵人嗎？
你見過佛陀拍桌嗎？

老人新人生觀(二)

活成一尊菩薩
大家頂禮膜拜
慈眉善目
多麼可愛
此外，兒孫回來
大方灑錢
讓你返老還童
成為散財童子

那一抹微笑

多年前臺大第一會議室
我來講經說法
與你交心一瞬
那一抹微笑
已然改變歷史
並重新定向
我的船要航向那裡

把愛相守一生

島嶼沈淪
愛的殺手越來越多
現在又來了超級殺手
通姦除罪化
島嶼的人類退化
成為類人
我們堅持孔子的
人類定義
把愛相守一生

都放空了

我都放下了
你又拿一個給我
這個很重
重如泰山
以致讓我一時放不下
分兩天放
第三天都空了

銀河系旅行

都說銀河系很遠
其實就在你家窗邊
我們乘地球公車
地球乘太陽高鐵
天天在銀河系公園
來去自如
這裡是銀河系街上
你不信嗎？

臺大未婚聯誼

據說
大家不戀不婚
聽我彈唱完
午夜香吻
那晚臺北的魔鐵
爆滿

懷念老人家

據說
你們已取得
西方極樂國簽證
這是好事
可以永駐極樂
不要再來地球
尤其這爛島嶼
別來

又得一個獎

一介武夫
怎麼又得一個文學獎？
不知道耶
就是寫寫島嶼沈淪啊
罵罵臺獨偽政權
其他，還有
海峽浪濤

華中

這裡是華中
中國之中間地帶
華中河濱公園
到此一遊
等於看見祖國
我說華中
不行嗎？
朕說了算數

懷念學慧師姊

師姊，妳走了幾年
我還是常想起妳
師姊，西方極樂國
一切不愁
又可就近聞佛説法
我等，遲早
相會，一同修行

不捨眾生

身為理事長
要有不捨眾生的精神
一分表現要表揚
十分表現要頒獎
包含美麗的花
花香供養
要如何表達感謝？
就是愛每一朵花

詩人綠蒂

他一生為詩而存在
我詩故我在
創造兩岸詩大橋
天天抱地球走路
無住生詩的
漂泊詩人
觀自在綠蒂

臺大校園吳哥窟

光陰在臺大校園
創作一座吳哥窟
愛旅行的人
何必花大錢
花時間，捨近求遠
到臺大校本部走走
可以看到多處吳哥窟

你來了

從雲端傳來訊息
知道你來了
驚醒一些舊夢
就是這影子
證明你來
你來了
我們一切無罣礙

你笑我笑風景

你笑，後面有光
我笑，乾坤有光
你笑我笑無別
你是後面一風景
你的風景在他眼裡
也是風景
風景都沒有
他們也不拉琴

魔鐵和濕地

第一次看到「魔鐵」
我問朋友
是不是新品咖啡？
朋友笑彎了腰
最近我又看到
收復「濕地」
很想找人問
是哪塊「濕地」

財神

大家以為
只有陶朱公是財神
其實今天在坐
個個都是
你不買衣服
賣衣服的要喝西北風
這是今天座談會
對財神的新定義

輯二十一　遺境追捕（三）

踏青（一）

帶著對山的敬重
對河流的愛護
在山河間踏青
深怕路有壓力
我們就一派輕鬆走
如行雲流水
在路上漂著

踏青（二）

一路有春色
誘惑
沿路花草
搔首弄姿
春風多情
吻上每個人的臉
原來人生風光
都是踏青得來

佛光山臺北教師分會

這個分會
也有多位臺大人
我久未聽經聞法
甚感身心不淨
利用時間回來
洗一洗，看看
維持多久

臺大登山會

我喜歡這個團體
在這裡我看到
眾生平等
拿掃把掃地的
拿筆寫論文的
無差別
佛常說的平等法
存在這小圈圈裡

臺大退聯會理監事會

忘了是七十
還是十七
只覺得像太平洋中
遺世的孤島
城堡傾圮
就是參加理監事會
又有十七的活力

臺大教官退休聯誼會

這裡星星稀有
梅花至少開滿一甲地
我們仍按時舉行
國防軍事研討會
內容盡在酒菜中
此次完會
照相存證
寄國防部史政局
戰史不能成灰燼

證據（一）

果然，鐵證如山
這塊地是我的
我是中國
中國是我
這是祖先留下的寶地
誰敢來搶
留下你的人頭

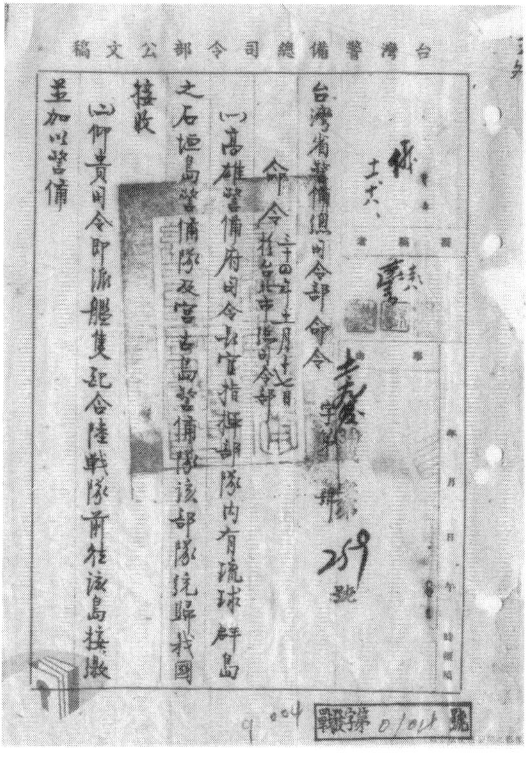
台灣警備總司令部公文稿

台灣省警備總司令部命令
命令　三十四年十二月十七日　於台北市總司令部
字第 259 號
(一)高雄警備府司令官指揮部隊內有琉球群島之石垣島警備隊及宮古島警備隊該部隊既歸我國接收
(二)仰貴司令即派艦隻配合陸戰隊前往該島接收並加以警備

證據（二）

中國人的土地
一寸不能丟
是臺大人的歷史傳統
廿一世紀的中國人
有個天命
取下扶桑列島
建設中國扶桑省

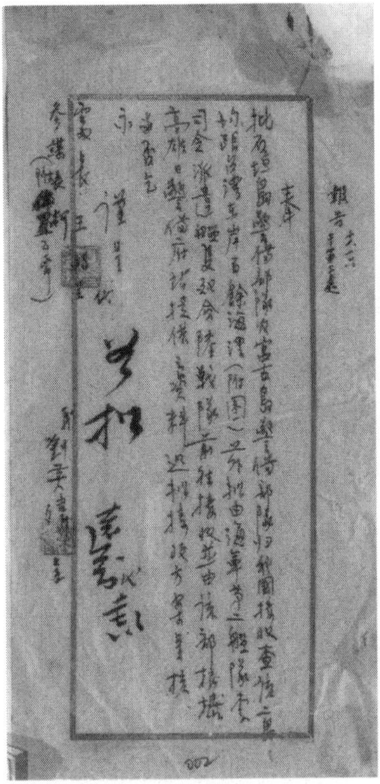

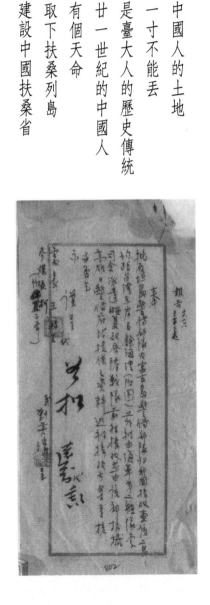

北望中原

一輩子革命
為國家統一
為中華民族復興
為實現中國夢
大業未成
就站在這裡
北望中原吧

小妹得模範母親獎

吾家小妹
是觀世音菩薩轉世
救苦救難不落人後
為一家三代
中流砥柱
此等事蹟史官不能忘
寫入史記為
歷史典範

反思（一）

看看他們
想想我自己
這輩子
到底是怎麼混的
怎會面臨
極可能
絕種困局

反思（二）

一切有為法
如夢幻泡影
如露亦如電
應作如是觀
佛開示的是
要放下
在放與未放間
重量還是有

反思（三）

老祖宗也說
成功不必在我
我悟到了
他們成公成婆
社會有活力
我也獲得一點
邊陲利益

反思（四）

從大我思之
兩個妹妹
繁殖這麼多子孫
可自成森林
支撐中華民族復興
他們未來
對現代中國
必有重大貢獻

臺大教授聯誼會（一）

島嶼叢林中
最高野獸營
在這裡
個個都是會叫的野獸
差別在
誰兇？誰狠？
那些不兇不狠的
很難混下去

臺大教授聯誼會（二）

叢林中
最高牛肉場
在這裡
島嶼眾生所需牛肉
都由此出廠
血淋淋的屠殺
天天在校園上演
都合法律程序

臺大教授聯誼會（三）

叢林中
最高造反聖地
在這裡
有史以來
島嶼所有的造反
在這裡啓動
造反有理

臺大教授聯誼會（四）

叢林中
最高革命聖地
也在這裡
勇於對造反者
啓動革命
就是這些革命家
講革命
我們第一名

臺大教授聯誼會（五）

我不參與造反
靜觀革命
只要有牛肉吃
有酒喝
就是民生主義
三民主義完成八成
你說不是嗎？

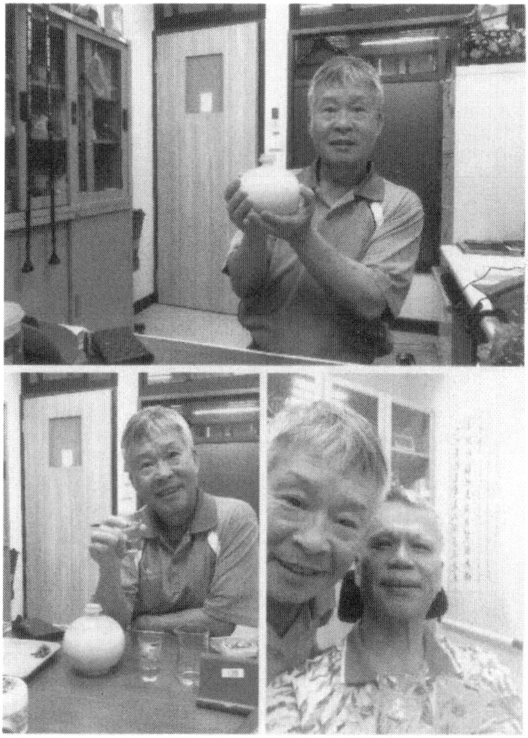

臺大教授聯誼會（六）

野獸營有各種厲害物種
最強大的邪魔歪道
最高明的牛鬼蛇神
最邪惡的鼠輩走狗
最高掠食者的打手
這些亂臣賊子
碰到官哥
都一一現形躲回叢林山洞

陳福成著作全編總目

壹、兩岸關係

①決戰閏八月
②防衛大台灣
③解開兩岸十大弔詭
④大陸政策與兩岸關係

貳、國家安全

⑤國家安全與情治機關的弔詭
⑥國家安全與戰略關係
⑦國家安全論壇。

參、中國學四部曲

⑧中國歷代戰爭新詮
⑨中國近代黨派發展研究新詮
⑩中國政治思想新詮
⑪中國四大兵法家新詮：孫子、吳起、孫臏、孔明

肆、歷史、人類、文化、宗教、會黨

⑫神劍與屠刀
⑬中國神譜
⑭天帝教的中華文化意涵
⑮奴婢妾匪到革命家之路：復興廣播電台謝雪紅訪講錄
⑯洪門、青幫與哥老會研究

伍、詩〈現代詩、傳統詩〉、文學

⑰幻夢花開一江山
⑱赤縣行腳・神州心旅
⑲「外公」與「外婆」的詩
⑳尋找一座山
㉑春秋記實
㉒性情世界
㉓春秋詩選
㉔八方風雲性情世界
㉕古晟的誕生
㉖把腳印典藏在雲端
㉗從魯迅文學醫人魂救國魂說起
㉘六十後詩雜記詩集

陸、現代詩（詩人、詩社）研究

㉙三月詩會研究
㉚我們的春秋大業：三月詩會二十年別集
㉛中國當代平民詩人王學忠
㉜讀詩稗記
㉝嚴謹與浪漫之間
㉞一信詩學研究：解剖一隻九頭詩鵠
㉟囚徒
㊱胡爾泰現代詩臆說
㊲王學忠籲天詩錄

柒、春秋典型人物研究、遊記

㊳山西芮城劉焦智「鳳梅人」報研究
㊴在「鳳梅人」小橋上
㊵我所知道的孫大公

㊶為中華民族的生存發展進百書疏
㊷金秋六人行
㊸漸凍勇士陳宏

捌、小說、翻譯小說

㊹迷情・奇謀・輪迴、
㊺愛倫坡恐怖推理小說

玖、散文、論文、雜記、詩遊記、人生小品

㊻一個軍校生的台大閒情
㊼古道・秋風・瘦筆
㊽頓悟學習
㊾春秋正義
㊿公主與王子的夢幻、
(51)洄游的鮭魚
(52)男人和女人的情話真話
(53)台灣邊陲之美
(54)最自在的彩霞
(55)梁又平事件後

拾、回憶錄體

(56)五十不惑
(57)我的革命檔案
(58)台大教官興衰錄
(59)迷航記、
(60)最後一代書寫的身影
(61)我這輩子幹了什麼好事
(62)那些年我們是這樣寫情書的
(63)那些年我們是這樣談戀愛的
(64)台灣大學退休人員聯誼會第九屆理事長記實

拾壹、兵學、戰爭

(65)孫子實戰經驗研究
(66)第四波戰爭開山鼻祖賓拉登

拾貳、政治研究

(67)政治學方法論概說
(68)西洋政治思想史概述
(69)中國全民民主統一會北京行
(70)尋找理想國：中國式民主政治研究要綱

拾參、中國命運、喚醒國魂

(71)大浩劫後：日本 311 天譴說
日本問題的終極處理

拾肆、地方誌、地區研究

(72)台大逸仙學會
(73)台北公館台大地區考古・導覽
(74)台中開發史
(75)台北的前世今生
(76)台北公館地區開發史

拾伍、其他

(77)英文單字研究
(78)與君賞玩天地寬（文友評論）
(79)非常傳銷學
(80)新領導與管理實務

2015 年 9 月後新著

編號	書　　　　　名	出版社	出版時間	定價	字數（萬）	內容性質
81	一隻菜鳥的學佛初認識	文史哲	2015.09	460	12	學佛心得
82	海青青的天空	文史哲	2015.09	250	6	現代詩評
83	為播詩種與莊雲惠詩作初探	文史哲	2015.11	280	5	童詩、現代詩評
84	世界洪門歷史文化協會論壇	文史哲	2016.01	280	6	洪門活動紀錄
85	三搞統一：解剖共產黨、國民黨、民進黨怎樣搞統一	文史哲	2016.03	420	13	政治、統一
86	緣來艱辛非尋常－賞讀范揚松仿古體詩稿	文史哲	2016.04	400	9	詩、文學
87	大兵法家范蠡研究－商聖財神陶朱公傳奇	文史哲	2016.06	280	8	范蠡研究
88	典藏斷滅的文明：最後一代書寫身影的告別紀念	文史哲	2016.08	450	8	各種手稿
89	葉莎現代詩研究欣賞：靈山一朵花的美感	文史哲	2016.08	220	6	現代詩評
90	臺灣大學退休人員聯誼會第十屆理事長實記暨 2015～2016 重要事件簿	文史哲	2016.04	400	8	日記
91	我與當代中國大學圖書館的因緣	文史哲	2017.04	300	5	紀念狀
92	廣西參訪遊記（編著）	文史哲	2016.10	300	6	詩、遊記
93	中國鄉土詩人金土作品研究	文史哲	2017.12	420	11	文學研究
94	暇豫翻翻《揚子江》詩刊：蟾蜍山麓讀書瑣記	文史哲	2018.02	320	7	文學研究
95	我讀上海《海上詩刊》：中國歷史園林豫園詩話瑣記	文史哲	2018.03	320	6	文學研究
96	天帝教第二人間使命：上帝加持中國統一之努力	文史哲	2018.03	460	13	宗教
97	范蠡致富研究與學習：商聖財神之實務與操作	文史哲	2018.06	280	8	文學研究
98	光陰簡史：我的影像回憶錄現代詩集	文史哲	2018.07	360	6	詩、文學
99	光陰考古學：失落圖像考古現代詩集	文史哲	2018.08	460	7	詩、文學
100	鄭雅文現代詩之佛法衍繹	文史哲	2018.08	240	6	文學研究
101	林錫嘉現代詩賞析	文史哲	2018.08	420	10	文學研究
102	現代田園詩人許其正作品研析	文史哲	2018.08	520	12	文學研究
103	莫渝現代詩賞析	文史哲	2018.08	320	7	文學研究
104	陳寧貴現代詩研究	文史哲	2018.08	380	9	文學研究
105	曾美霞現代詩研析	文史哲	2018.08	360	7	文學研究
106	劉正偉現代詩賞析	文史哲	2018.08	400	9	文學研究
107	陳福成著作述評：他的寫作人生	文史哲	2018.08	420	9	文學研究
108	舉起文化使命的火把：彭正雄出版及交流一甲子	文史哲	2018.08	480	9	文學研究
109	我讀北京《黃埔》雜誌的筆記	文史哲	2018.10	400	9	文學研究
110	北京天津廊坊參訪紀實	文史哲	2019.12	420	8	遊記
111	觀自在綠蒂詩話：無住生詩的漂泊詩人	文史哲	2019.12	420	14	文學研究
112	中國詩歌墾拓者海青青：《牡丹園》和《中原歌壇》	文史哲	2020.06	580	6	詩、文學

113	走過這一世的證據：影像回顧現代詩集	文史哲	2020.06	580	6	詩、文學
114	這一是我們同路的證據：影像回顧現代詩題集	文史哲	2020.06	540	6	詩、文學
115	感動世界：感動三界故事詩集	文史哲	2020.06	360	4	詩、文學
116	印加最後的獨白：蟾蜍山萬盛草齋詩稿	文史哲	2020.06	400	5	詩、文學
117	台大遺境：失落圖像現代詩題集	文史哲	2020.09	580	6	詩、文學

陳福成國防通識課程著編及其他作品

（各級學校教科書及其他）

編號	書　　名	出版社	教育部審定
1	國家安全概論（大學院校用）	幼　獅	民國 86 年
2	國家安全概述（高中職、專科用）	幼　獅	民國 86 年
3	國家安全概論（台灣大學專用書）	台　大	（臺大不送審）
4	軍事研究（大專院校用）	全　華	民國 95 年
5	國防通識（第一冊、高中學生用）	龍　騰	民國 94 年課程要綱
6	國防通識（第二冊、高中學生用）	龍　騰	同
7	國防通識（第三冊、高中學生用）	龍　騰	同
8	國防通識（第四冊、高中學生用）	龍　騰	同
9	國防通識（第一冊、教師專用）	龍　騰	同
10	國防通識（第二冊、教師專用）	龍　騰	同
11	國防通識（第三冊、教師專用）	龍　騰	同
12	國防通識（第四冊、教師專用）	龍　騰	同
13	臺灣大學退休人員聯誼會會務通訊	文史哲	
14	把腳印典藏在雲端：三月詩會詩人手稿詩	文史哲	
15	留住末代書寫的身影：三月詩會詩人往來書簡殘存集	文史哲	
16	三世因緣：書畫芳香幾世情	文史哲	

註：以上除編號 4，餘均非賣品，編號 4 至 12 均合著。　　編號 13 定價 1000 元。